全民微阅读系列

收获反面

石 磊 著

江西高校出版社

图书在版编目(CIP)数据

收获反面/石磊著. —南昌:江西高校出版社,2017.9(2020.2重印)

(全民微阅读系列)

ISBN 978-7-5493-6062-8

Ⅰ.①收… Ⅱ.①石… Ⅲ.①小小说—小说集—中国—当代 Ⅳ.①I247.82

中国版本图书馆 CIP 数据核字(2017)第 225562 号

出 版 发 行	江西高校出版社
社　　　址	江西省南昌市洪都北大道96号
总编室电话	(0791)88504319
销 售 电 话	(0791)88592590
网　　　址	www.juacp.com
印　　　刷	永清县晔盛亚胶印有限公司
经　　　销	全国新华书店
开　　　本	700mm×1000mm　1/16
印　　　张	14
字　　　数	180 千字
版　　　次	2017年10月第1版 2020年2月第2次印刷
书　　　号	ISBN 978-7-5493-6062-8
定　　　价	36.00 元

赣版权登字-07-2017-1167

版权所有　侵权必究

图书若有印装问题,请随时向本社印制部(0791-88513257)退换

目录 / CONTENTS

一枚假戒指　　　/001

是谁救了她的命　　　/004

细节　　/006

约会　　/009

同桌　　/012

得与失　　/014

瓮中捉鳖　　/017

青瓷花瓶　　/019

丑丈夫和他的瞎妻子　　/022

午夜惊魂　　/025

不肖的儿子　　/027

婚姻保修期　　/030

失踪的狗　　/032

美丽的邂逅　　/035

父亲　/038

贼抓贼　　/039

是谁放的火　　/042

丈夫有外遇　　/046

丈夫从宾馆走出来　　/049

爸爸病得及时　　/051

千手观音　　/055

天上掉下一个儿媳妇　　/058

二嫂　　/061

典型教材　　/063

翡翠白菜　　/066

金蝉脱壳　　/070

泥人章轶事　　/072

在公交车上　　/074

绝招　　/076

告状　　/079

匿名电话　　/082

乞丐　　/084

收获反面　　/085

目光　　/088

隐瞒　　/089

因为梅花锁　　/092

进城办事　　/094

血的印章　　/097

母亲　　/100

贵重的礼物　　/103

噩梦醒来是早晨　　/104

短信　　/106

病友　　/109

用心良苦　　/111

多子误死父　　/114

孔局长钓鱼　　/116

妈妈的官比爸爸的大　　/119

歪打正着　　/121

一只肮脏的花瓶　　/123

局长的官比股长的小　　/125

因祸得福　　/128

有恩必报　　/131

爸爸今晚上电视　　/132

爱上局长的女儿　　/135

未来媳妇　　/139

孽情　　/142

收废品的父亲　　/144

情人与妻子同名　　/147

绑票　　/149

战友　　/152

破碎的手镯　　/155

赵主任　　/158

女秘书　　/160

收回成命　　/163

局长妻子给人当保姆　　/166

大鼻子生个小鼻子　　/169

拆迁　　／171

买面子　　／174

咨询费　　／177

情殇　　／179

井底之蛙　　／182

苦肉计　　／184

喜羊羊和灰太狼　　／187

黄鼠狼给鸡道歉　　／190

乌鸦和狐狸　　／192

残废的猴子　　／195

小黑　　／198

白猫与黑猫　　／201

聪明的公鸡　　／202

两只苍蝇　　／205

一只叫得最响亮的蝉　　／207

两只鹅　　／210

狗王之死　　／213

老鼠和猫　　／216

一枚假戒指

今天是一个特殊的日子,是我和咏春结婚25周年的纪念日。我和咏春结婚25年,我骗了她25年,可我实在是无可奈何。25年前,我和咏春相爱了,就要结婚时,岳母一定要我买一枚金戒指给咏春。当时,家里很穷,实在买不起金戒指。无奈之下,只好在街边买了一枚四块钱的假戒指给咏春。我想等我有朝一日有钱了再买一枚真的金戒指给咏春,然后再把真实情况告诉她,她一定会理解我的。哎,真想不到,一等就25年!结婚以来,又总是烦心事不断,不是父亲病了,就是母亲入院,日子过得很不如意,咏春跟我也苦了25年。现在,终于雨过天晴了。孩子有出息,大学毕业后找到了一份理想的工作,我的小生意也好了起来。

我来到一位同学的一家金银首饰店,叶菲正在跟一位顾客谈生意。她看见我,微笑着向我点了一下头,我也向她点了一下头。那位顾客离开了店,叶菲笑着问我:"郑明,好久不见了,今天怎么有空到我这儿来?"

"来看看老同学,不欢迎?"我笑着说。

"欢迎欢迎。"叶菲笑着说。

闲聊了一阵,我对叶菲说:"叶菲,我想买一枚戒指。"

"买戒指送老二?"叶菲跟我开玩笑地说。

"你看我是那种人吗?"

"你要是那种人,我立即就告诉咏春。"

"老同学,不瞒你说。我这枚戒指就是买给咏春的,我骗了她整整25年。"我不好意思地对叶菲说。

"我听不明白,怎么回事?"叶菲不解地看着我。

我本想不告诉她的,可她非要我说不可。想了一会儿,我还是把事情的经过原原本本地告诉她了。叶菲听后,长叹了一声。她用这一声长叹,表示对我多年来艰辛的同情。我买了戒指,离开了叶菲的首饰店。

迷人的烛光照着我和咏春,咏春在烛光的映衬下,虽年过四十,却显得很动人。结婚以来,这是我们最为浪漫的一个夜晚,我们经过了许多坎坎坷坷,迎来了我们的银婚纪念日。在柔美的旋律中,我拿出了一个精致的盒子,然后慢慢地打开。盒子里的那枚金戒指在烛光的照射下,闪着灿烂的光芒。咏春看到我手里的戒指,脸上出现了迷茫的神情。我看着咏春,道歉地说:"咏春,请你原谅我。我骗了你25年,我……"

我实在说不下去了。咏春一脸惊讶,问:"你骗我什么?"

"我买给你的结婚戒指是假的,当年,我实在买不起戒指。我没有办法,在街边买了一枚四块钱的戒指给你。咏春,请你原谅我!"

"绝对不可能!你开始什么玩笑?"咏春用肯定的口气说。

"你拿出来吧。"我对她说。

"几年前,儿子读大学时,我不敢跟你说,偷偷地把它卖了。我想孩子读书要紧,要是跟你说了,你一定不同意。"

"把它卖了?"

"是的。老公,对不起,那时我们没有办法。"

"你卖给谁了?卖了多少钱?"

"卖给叶菲,卖了2300元。"

"2300元?"我吃惊地看着咏春,不相信地问。

"是啊。"

"假的!绝对是假的!"

"那……"

音乐停了下来,屋子里静得出奇。我考虑了一会儿,说:"叶菲是真不知道,还是……"

咏春好像猛然想起,说:"当时,叶菲问过我,她问我戒指是从哪里来的,我回答她是你买给我的结婚戒指,她又问我,为何卖它,我回答孩子读书,没有办法。后……后来,她称了戒指之后,就拿给我2300元。"

"走,我们去找叶菲。"我对咏春说。

我们来到叶菲的首饰店,叶菲看到我们,就笑着问:"戒指不合适?"

"叶菲,四年前我卖给你的戒指还在吗?"咏春答非所问。

"怎么问这件事儿了?"叶菲平静地问。

"刚才,郑明才告诉我,当年,他买给我的那枚戒指是假的。"咏春如实告诉她。

咏春说完,我接着问:"叶菲,你难道不知道是假的?"

"一到我的手,我就知道是假的。连真假不分,我的店能开到今天?我知道你们一定很困难,咏春才会拿出结婚戒指来卖。"叶菲微笑着说。

咏春听到这话,再也控制不住,跟叶菲拥抱在一起,含着泪花说:"我的好姐妹,今天,郑明要不是头了戒指,我至今还蒙在鼓里……"

我很是感动,自言自语地说:"人家都说真金无价,其实,假金也同样无价啊!"

是谁救了她的命

黄昏,小雨仍淅淅沥沥地下个不停。仓库的管理员蔡小洁撑着一把花伞向冻库走去。每天的下班之前,她都必须到冻库检查一番。小洁走向冻库,她每看见一个人就跟人打招呼,不管那人是男是女,是老是少,她的脸上都挂着笑。因为她总是热情微笑,有不少人叫小洁为"微笑女孩"。小洁快到冻库了,有一个小伙子追了上来,小声地叫道:"小洁,今晚,我们一起吃饭吧?"

小洁对他微微一笑,甜甜地说:"好的。"

小洁一边开锁,一边对他说:"马丰,到哪里去?"

"老地方吧?"马丰对她说。

"好的。"

马丰和小洁恋爱了很长时间,因为房子的问题,婚事一拖再拖。小洁开门进去了,把那把花伞留在冻库的门口,马丰也跟着进去。一股强烈的冷气使马丰打了一个寒战,小洁这里看看,那里看看。突然,马丰对小洁说:"小洁,我的手机忘在办公室里了,把你的手机给我,我出去打个电话,跟妈妈说不回去吃饭了。"

小洁从衣袋里掏出手机,把手机递给了马丰。马丰拿了手机,走到门外,并把冷库的大门关上。马丰环顾周围,然后快步离开了。马丰为何这样做?原因是这样的。两个多月前,马丰爱上了另一个姑娘,那位姑娘的家庭条件很好。而且,她长得比小洁更加漂亮。马丰的心里很清楚,小洁很爱他,她是不会跟他分手的。马丰不想失去那位姑娘,便狠下心,想把小洁冻死在冻库里。

  冻库里的温度骤降,小洁抬头向大门看去,大门关上了,她也不在乎。她向大门走去,伸手想打开大门时,大门却打不开了。小洁用了力,还是打不开。她用脚踢了踢门,叫道:"马丰,开门!马丰,开门!"

  小洁叫了好几声,外面都没有回应。这下,她意识到了事情的严重性,马丰把她的手机拿走是有意图的,要不,大门为何打不开?于是,小洁在冻库里找东西,可是,冻库里没有木棍之类的东西。小洁来到门前,又是踢,又是呼叫,都无济于事,没有人来为她开门。此时,厂里很多人都下班了,而且,冻库又比较偏僻。

  时间一分一秒地过去,冻库里越来越冷,她在冻库里奔跑起来。她的手脚,渐渐地麻木了,她的衣服、头发都结上了冰,她流出的泪水也很快结上了冰。她越跑越慢了,那血好像停止了流淌。小洁再也无法支撑下去了,她倒了下去。就在她倒下时,大门被打开了,来开门的不是马丰,而是厂里的一位老保安。保安看到地上的小洁,急忙把她抱到门外。

  室外的暖和,使小洁渐渐地苏醒起来,小洁获救了。保安为何会打开冻库的大门呢?他怎么知道小洁在冻库里?不少人都感到疑惑。保安便向人们说开了,他说,在厂里,微笑女孩每天上班和下班,都向他问好,只有微笑女孩把他当一个人看待,没有一次不向他打招呼而进厂或离开。今天是他在厂里的最后一班,以后,他再也没有机会见到微笑女孩了。他就想等到微笑女孩最后一次向他问好后再离开,向她告别,可他左等右等就是等不到她。人都走光了,他不相信微笑女孩会不同他打招呼就走。于是,保安到她的办公室去看了一下,发现她不在办公室,就到冻库里来找她。看到门口的一把花伞,他就断定微笑女孩在里面。

在一家西餐厅,伴着柔和的灯光和优美的音乐,马丰和一位漂亮的姑娘坐在一起。低低浅语,马丰露出甜美的笑容。马丰早将把小洁关在冻库的事儿忘得一干二净。就在马丰和姑娘举起酒杯时,两位警察来到马丰的面前,一双亮铮铮的手铐落在马丰的手上。马丰被带走了,罪名是杀人未遂。

是谁救了小洁的命?有人说是那个保安,有人说是那把雨伞。其实,都不是,是她自己救了自己!

细　节

海风和玉秋好了半年了,两个人很合得来。今天,海风第一次去玉秋家,玉秋告诉海风,她的妈妈很挑剔,要他有思想准备。出发时,海风要到商场买水果,玉秋说她家的门口就有人卖水果。海风只好听她的,两个人到了小区门口,只有一个人卖水果,海风买了一袋苹果。到了玉秋家的门口,她拿出钥匙打开门,叫了一声:"妈。"

玉秋的妈妈从里屋走了出来,两只大眼睛快速地把海风从上到下看了一眼。海风叫了她一声:"阿姨,你好。我叫海风,大海的'海',风雨的'凤'。"

玉秋的妈妈接过海风手中的苹果,就嗅到苹果的味儿有点儿不对劲。她把苹果提了上来,闻了一下,问海风:"你这苹果肯定有烂苹果,是在哪里买的?"

"妈,就在小区门口买的。"玉秋替海风回答。

玉秋的妈妈把苹果放在地上,把苹果从塑料袋里一个个拿出来细看,果真有两个烂苹果。玉秋的妈妈站了起来,不客气地数落海风说:"从买苹果这个细节,就可以看出你这个人做事情很随便。随便是要吃亏的,你知道吗?"

海风脸一下子红了起来,不好意思地说:"阿姨,你说得对,以后我注意就是了。"

"以后?要是碰到贵重的东西就麻烦了。"玉秋的妈妈对他说。

玉秋有点儿看不惯妈妈,就对她说:"妈,不就是两个烂苹果吗?别小题大做了。"

"这怎么是小题大做?我是对你负责,你姐姐是怎么吃亏的?就是因为你姐夫过于随便造成的,这是前车之鉴。"玉秋的妈妈大声地对女儿说。

玉秋的妈妈把脸转向海风,对他说:"你下去,把那两个烂苹果换成好的。"

"妈……"玉秋叫了一声。

"你别叫妈,我叫他长点儿记性。"

海风有点儿无奈,和气地对她说:"阿姨,你别生气,我这就去换。"海风把头转向玉秋,说:"没有关系,没有关系。"

"海风,我跟你一起去。"玉秋对他说。

"一个大男人,让他自己去。"妈妈不同意地对女儿说。她说完,又拉了女儿一下。

海风提着苹果下楼,他在心里想,真想不到,一进门就给他出这样的难题。他想想也有道理,怪自己太粗心大意。海风走到小区门口,心里又想,卖水果的要是不肯给他换,那不是要吵起来?这种事情见过不少,因为两个苹果跟人吵嘴值得吗?再说,人家

的小本生意也不容易。于是,海风把两个烂苹果给扔了。海风来到水果摊,对那个摊主说:"大叔,多买两个苹果。"

这回,海风吸取了教训,把那两个苹果认真地看了一遍。海风回到玉秋家,玉秋的妈妈问他:"你换了吗?"

海风微笑着,撒谎道:"阿姨,换了,他的态度很好,还跟我道歉。"

"以后,你别这么随便,不然,真会吃亏的。"玉秋的妈妈又说了一句,可那语气比刚才好多了。

"知道了,知道了。"海风诚恳地回答。

因为烂苹果的事情,海风坐在玉秋家里,时间很是难挨。突然,一个同学的电话救了他,把他叫走了。晚上,海风把玉秋叫了出来,他一见到玉秋就急着问:"玉秋,你妈妈怎么说?"

"她非常生气,说你是一个骗子!"玉秋回答他。

海风听到这话,一面茫然,问:"我怎么又成了骗子?"

"你的苹果是换的吗?还说他的态度很好,跟你道歉。你是不是把烂苹果扔了,再买了两个?"玉秋看着海风问。

"是的。我怕卖苹果的不肯换,就不想跟人费口舌。不就是两个苹果吗,是一件小事情,这是一;二是,我想他是小本生意。这事儿,你妈妈也去问了?"海风如实地说。

"是啊,不然,她怎么会知道?"玉秋说完,又接着说,"她最讨厌人家骗她。"

"喔,那她反对咱们了?"海风有点担心地问。

"不过,我爸爸非常赞成。"

"你爸爸怎么说?"海风急着问。

"我爸爸说,从买苹果的细节可以看出,你是一个怕惹是非的人,更是一个善良的人。"玉秋甚是满意地说。

海风听到这话松了一口气,开玩笑地说:"知我者岳父也!"

玉秋打了海风一下,说:"八字还没有一撇,就叫'岳父'?"

"你爸爸真这么说?"

玉秋答非所问:"你知道吗?那个卖水果的就是我的爸爸。"

海风愣了好一会儿,然后才问:"这么说,这是你们一家故意安排的?"

玉秋笑而不答,晚风吹起了她长长的秀发……

约　会

吃了晚饭,宋一峰正在泡一壶茶,突然,手机响了一声微信的声音。宋一峰泡好茶,拿起手机一看,是公司里的钟如芳发给他的:今晚八点,在文化公园喷池边见,不见不散!

宋一峰看到这条微信,就懵了,一连看了几次。他真不明白,钟如芳怎么会发给他这样的信息?钟如芳在他们公司,可谓是最美丽的一位姑娘,很多人都在追她,他也曾经追过她,但钟如芳对他不冷不热。宋一峰知道不是别人的对手,要房没房,说车没车,他很识趣,主动退了出来。今天,究竟约他谈什么,难道她回心转意了?宋一峰百思不解,泡好的茶,也没有喝一口。

宋一峰端起茶杯,又放了回去,对自己说:你既然约我,我怎么就不敢应约?

宋一峰换了衣服,就出门了,在路上他想了很多,可他始终不敢相信钟如芳会爱上他。宋一峰来到文化公园,还不到八点,公

园里灯火明亮,游人很多。隔着三四十米远,宋一峰就看见钟如芳站在喷池边,背着一个挎包。他快步来到钟如芳的面前,歉意地说:"如芳,不好意思,你那么早就到了?"

钟如芳看到宋一峰,微笑了一下,问:"你也来公园?"

"不是你叫我来的吗?"宋一峰看着她问。

"我叫你?什么时候叫你?"钟如芳对他说,那口气几乎是在质问他。

"你发微信给我的呀。"宋一峰回答她。

钟如芳有点儿不相信,从挎包里拿出手机。她一看手机,知道自己发错了,一脸尴尬,不好意思地说:"是,是我发错了……"

"喔。"宋一峰叫了一声。站了一会儿,宋一峰对她说:"那我走了。"

宋一峰转身走了,钟如芳没有对他说一句话。宋一峰差不多走到公园门口时,又走了回来,他想反正进了公园,干脆看看钟如芳约的是哪一个。于是,宋一峰走到一棵大树的背后,距离钟如芳不到三十米。大约过了二十分钟,有一个人匆匆地来到钟如芳的面前,他就是公司里的李远军,是一位副总的儿子。他们离开了喷池,手牵手地走向树林密集的地方。宋一峰站起来回家了,走了几步,手机又响起了微信的声音,他一看手机是一位同学发给他的。于是,宋一峰坐在草地上,他跟同学在微信上聊了起来。宋一峰越聊越来劲,时不时还笑出声来。

"抢劫……抓抢劫……"

呼叫声使宋一峰立即站了起来,一个人手里拿着一个包,正快步向他这个方向跑来,后面有几个人追着。宋一峰心想,这个人肯定是抢劫的。宋一峰想也没想,挡住他的去路,因为两边种满了树不好逃跑,来人恶狠狠地叫了一声:"闪开!"

宋一峰就是个闪开,而且做好了迎战他的姿势。来人见势不妙,拔出了一把尖刀,就向宋一峰扑来。宋一峰躲闪迅速,提刀人扑了个空,由于惯性过大,差点儿摔倒在地上。宋一峰踢了他一脚,那一脚落在他的大腿上。提刀者又向宋一峰扑来,宋一峰想躲闪,但已经来不及了,刀刺在他的左臂上。那人想再给宋一峰一刀,宋一峰强忍着疼痛,抬起一脚,把那尖刀踢飞了。此时,后面几个人也追上来了,蜂拥而上,把抢劫犯按倒在地上……

钟如芳看到宋一峰手上的鲜血泉涌一样流了出来,一时急得不知如何是好。一个中年人上来,撕下他的衬衫给他包扎。宋一峰的手被包扎好了,李远军才走了过来。钟如芳要送宋一峰到医院去,李远军也想跟着他们去医院,钟如芳生气地对他人叫了一声:"你去干吗?"

钟如芳为何对李远军这么生气?原来他们谈情说爱时,那个抢包的趁他们不备,就要抢她的挎包。钟如芳不肯放手,跟他对抢起来;而李远军不但不敢出声,反而后退了几步,眼看着她的挎包被抢走。

宋一峰住院期间,钟如芳每天都来看他,陪他聊天。宋一峰出院那天,钟如芳双手捧着一束鲜花来接他出院。后来,有人问钟如芳为何嫁给宋一峰,她说不想嫁给一个没有人性的狗熊。

同 桌

第一次见面。

黄昏,曾海林在大街上碰上了金华,是海林先看见金华的。他快步上前,惊喜地叫了一声:"金华,是你!"

"哎呀,是同桌!"金华也喜形于色地叫道。

于是,两人在大街上紧紧地拥抱在一起。海林高兴地问:"金华,听说你考上了公务员,在哪个单位?"

"就在县政府办公室。海林,你呢?"

"我在帮父亲做生意。"

"走。喝酒去!"海林对金华说。

"走!"

两人搭肩搂腰来到一家大排档,从下午六点喝到晚上十一点,东南西北,无话不说,啤酒喝了一瓶又一瓶。他们谈他们的过去,谈他们的同学。他们说的话,一列火车也载不完。最后,两个人烂醉如泥,各自的家人来接他们回家。

第二次见面。

两年后,海林和金华在一家酒店门口不期而遇。海林想上前拥抱他,金华退了一步,只伸出一只手。两人握着手,海林问:"听说你高升了?"

金华不以为然笑了一下说:"一个副股长,算什么东西。"

海林用手打了一下金华的肩膀,说:"我看好你,你一定有出息！"

金华嘴角上扬,浅浅地笑了一下,不过那笑意很快就消失了。

"进去吧,我请你。中午,我刚好有客人,我们好好地聊一聊。"

"不了。我也有应酬。"

第三次见面。

一个周末,天下着小雨,海林带着女朋友在一家首饰店和金华相遇,金华也带着一个漂亮姑娘在挑选首饰。海林把女朋友介绍给金华,金华却不敢把姑娘介绍给他。金华跟海林说了几句话,连首饰也没有买,两个人就匆匆地走了。他们走出门口时,那个姑娘问金华:"你认识他?"

"高中的同学。"金华淡淡地回答。

金华走了,海林的女朋友问他:"海林,你们认识?"

"高中的同桌,很要好的同学！他叫金华,很有才华,他的记忆力叫我佩服。他在县政府当办公室副主任,听说又要提升了。"海林热情地告诉女朋友,一脸的高兴。

"他对你好像很冷淡。"

"不会,他……他就是这个样子。"

第四次见面。

同学会,海林看见了金华,此时的金华已经是县政府办公室主任。海林叫了他一声,金华向他看了过来,但他走向一位漂亮的女同学,两个人手拉着手,哈哈大笑。海林没有上前打扰他们。

第五次见面。

海林开着一辆刚买的宝马牌新车,跑在大街上,看见金华低着头在走路。海林已听说金华因为女人而被开除了公职,老婆又跟他离了婚。一个星期前,海林打过他的电话,金华的手机号码

已经换了。海林急忙在金华的身边停下车,打开车门,叫道:"金华,你要去哪里?"

金华看见海林,不敢正视他的眼光,说:"哦,哦,随便走走……"金华话还没有说完,又往前走。

海林从车里出来,热情地说:"金华,上车吧。"

金华看了看海林,不想上他的车,可海林把他拉上车了。海林对他说了一句:"刚好今天没有事儿,我们喝酒去。"

金华上了车,海林把车开往县城最高级的五星级宾馆。这一次,两人又喝得昏天黑地。这次喝酒,金华因激动,流了两次眼泪。

后来,金华和海林几乎天天见面,他在海林的公司当副总。海林有了金华的帮忙,可谓如鱼得水,公司的效益非常好。

得与失

一

赤岭村就在大山之下,三十来户人家,不足二百人。村里有两户人家的儿子在城里读高中,同一年高考。一户姓崔的儿子叫崔东,一户姓庄的儿子叫庄南。他们刚好是邻居,关系很是不错。高考放榜,崔东以名列全省第二名的好成绩考上了清华大学;庄南名落孙山,成绩很差。前来崔家贺喜的人很多,崔家门庭若市,鞭炮声不绝于耳。县长走了,市长又接着来;这个送钱,那个送物；上了报纸，上电视。真是山沟里飞出一只金凤凰。而庄家却没有人问津，而且一家人不敢出来见人，整天大门紧闭。庄家好像做了见不得人的事儿一样，天未亮，庄南出去，躲在山里，直到天黑下来了，才敢回家。崔家的儿子这么风光，真叫人羡慕。

公鸡叫了一次又一次，洁白的月光从窗外照了进来，庄南爹翻来覆去，总是睡不着，只好起来抽烟。烟抽了一支又一支，还不想睡。庄南娘对他说："睡吧，想开点儿。"

庄南爹长叹一声，很是痛心地说："唉，你看人家儿子，多有能耐啊！可我们的儿子……"庄南爹话还没有说完，泪水便夺眶而出。

"你看你，干吗这样？全村不就他一个人的儿子考上大学，其他人不都活得好好的？"庄南娘不悦地对丈夫说。

庄南爹摇了摇头，过了好一会儿，自言自语地说："叫他去城里再读一年，明年也考一个大学回来。"

庄南知道自己的情况，他不想复读了。因为这事儿，庄南爹被气得七窍生烟……

二

一转眼，二十年过去了。

崔东很有出息，大学出来当了一名科学家。他娶了一个如花似玉的妻子，是他的同学，也是科学家。有一年他们回家，县委书记和县长亲自接见他们。县政府为赤岭村修了一条水泥公路，使之成了全县最早有水泥公路的山村。崔东为父母建了一座楼房，在村子里，那三层的楼房可谓鹤立鸡群。可是，崔家的儿子和儿媳的工作很忙，回家的次数很少，有时候，两三年都没有回来一次。二十年来，家里只有老夫妻俩，相濡以沫，十分冷清与孤独。

崔东娘打完电话,不是流泪,就是痛哭一场。而邻居庄家,庄南生了一男一女,热热闹闹。最难能可贵的是,儿孙都十分孝顺。"爹""娘""爷爷""奶奶"的呼叫声,总是显得那么亲热,那么暖人心。

崔东的父母看着人家的孙子,总是看得痴痴的。话说回来,不是崔东不要父母,崔东曾把父母接到北京城,可老人家就是住不惯。也许,他们没有享福的命,一到京城,就生病;回到山村,什么事儿也没有。

前年的夏天,庄南的爹摔倒了,大腿摔断了。庄南背着爹到处溜达,爹想去哪儿,庄南就背到哪儿。庄南爹整天笑嘻嘻的,感到无比幸福。一天黄昏,庄南背着爹回来,老崔看到他们,无不感叹地对老伴儿说:"孩子他妈,你看人家儿子多孝顺啊!可我们见儿孙一眼都那么难……"老伴儿擦着老泪说:"是啊,早知如此,还是不让他读书好……"

三

庄南的父母知道邻居的空虚与寂寞,有空没空,常到邻居家聊天。但不管他们怎么安慰,也无济于事。有时,老两口儿说得泪流满面。一段日子,庄南爹常常大声教导两个孙子说:"你们要好好读书,要像崔东叔叔那样有出息,他是我们全村的光荣与骄傲!要是没有崔东叔叔,我们村子连一条路都没有!"

崔东父母每每听到这话,那空虚的心灵才感到一丝慰藉……

一个星期天,庄南爹又在大声教导孙子。崔东爹在家里听见了,就走了过来。庄南家里的两个孩子根本就不在家。庄南爹把庄南娘当成了孙子在训导……

瓮中捉鳖

唐大可吃完早饭准备上班,他在阳台穿袜子时,老婆打开门回来了。大可看了一眼疲惫不堪的老婆,说:"少颖,早饭,我做好了。"

"不吃了,太累了,先睡一会儿。"少颖有气无力地说。

少颖昨晚值夜班,几乎一夜没有合眼。她回到家,衣服也懒得脱就倒在床上,呼呼入睡了。大可走进卧室,本想跟她说中午不回来吃饭,看老婆睡得那么死,就不说了。他看到老婆的手机放在枕边,就把她的手机拿了出来。大可想查一查她的手机,看有什么可疑的地方,他的一位同事就是从老婆的手机里查出问题的。大可来到大厅,坐在沙发上,查了她的通话记录,跟一个宋主任通话很多,这个宋主任应该是一个男的吧?昨晚他们就打了几次,有老婆打给宋主任的,也有宋主任打给老婆的。大可又查看了妻子的微信,两个人互称亲爱的。大可看到这些,心生怀疑。大可想了一会儿,就想试探这个宋主任。于是,大可就用老婆的手机给他发微信:在吗?老公怀疑我出轨了,以后,我们要多加小心。无事就别打我的电话或发微信给我。

过了好一会儿,大可收到宋主任的回复:知道了。他什么时候开始怀疑你的?

大可看到这微信,气得差点儿跳了起来,小声地骂了一声:真的有这回事。今天,你这条鱼儿上钩了,我非把你这条大鱼钓

出来不可！大可又紧接着回复他：三四个月前他就怀疑我了，最近，我一回家，他就对我盘问个不停。

宋主任立即回复：三四个月前，我们还是一般关系。我们不是一个多月前才好上的吗？

马脚全露出来了，她果然背叛我。大可努力控制着自己，又发出信息，想把他引出来：我老公出差了，你到我家来吧？

宋主任回复：不要了，不要了，还是小心点儿吧，别去你家。我们到老地方去吧？

不要怕，他一个星期后才回来。快点儿过来吧，我等你。

那好吧，我现在就过去。

大可既得意，又很生气。他站了起来，把老婆的手机关机了，然后走进了卧室，看到老婆睡得像死猪一样，他很想把她拉起来狠狠地揍一顿。但他还是忍了，等一会儿再收拾这对狗男女也不迟。大可从卧室出来，找了一根木棍，走进女儿的房间藏了起来，他想来一个"瓮中捉鳖"。十多分钟后，门铃响了起来，少颖睡得很死，没被吵醒。门铃第二次响起，少颖才被吵醒。少颖起来，唠唠叨叨，不悦地说："是谁啊……"

躲在房里的大可手里抓紧了木棍，做好了随时冲出去的准备。少颖打开门，惊叫一声："是你……"

进来的就是宋主任，可她不是男人，而是一个长发女人。她是一个多月前被提升为主任的，跟少颖很要好，是无话不说的好姐妹。宋主任收到少颖的微信，一看就知道是少颖的多疑丈夫所为，便想来一个"将计就计"。宋主任一进来，就用双手抱住少颖。少颖大声地说："像色狼一样，放开我，快放开我……"

房里的大可听到妻子这话，急忙走了出来，还没有看清楚，就大叫一声："你们这对狗男女……"

"啊……"少颖被突如其来的叫声吓了一跳。

大可举起了手中的木棍,当看清是一个女的时,简直傻了眼,那木棍也落在了地上。进来的女人看着大可问:"唐大可,没有想到吧?"

"怎……怎……怎么是你……"大可说不出话来。

少颖看了看他们,甚是疑惑地问:"怎么了?"

宋主任把手机递给少颖,对她说:"他用你的手机试探我,你看我的手机,就清楚了。"

少颖接过宋主任的手机,越看越生气。她看完后,抓起地上的木棍,狠狠地打在大可的身上,打得大可跪在地上求饶。宋主任见少颖把他收拾得差不多了,就把她的木棍抢了过来,狠狠地批评大可说:"夫妻之间应该互相信任,而不是互相猜测,否则,会影响夫妻关系,或破坏夫妻感情。"

"我错了,我错了。少颖,你就原谅我这一次吧,我以后再也不敢了。"大可诚恳地向少颖认错说。

"还不快去上班。"宋主任愤愤地对他说了一句。

大可听到这话,匆匆地走了。

青瓷花瓶

玉英和杜明大闹了一场之后,丈夫扔下一句话:咱们离婚吧。然后,他头也不回地离家出走了,留给玉英的只有空寂的大房子和悲伤的泪水。玉英知道丈夫这一走,没有一个星期是不会回家

的。玉英清楚,他们的夫妻感情确实是到了无可救药的地步,离婚是迟早的事情。既然离婚,玉英不得不考虑财产的问题。提到财产,玉英自然而然想到家里的镇宅之宝——青瓷花瓶。家里的那只青瓷花瓶,是经过几位权威专家鉴定的,五年前,就值两百万元,且这几年来,青瓷花瓶的价值在飙升。想到这儿,玉英想来个偷梁换柱。为了青瓷花瓶,玉英不会再流泪了。她擦干了泪水,简单地补了补妆,出门走了。

  黄昏,玉英从市场上花了几百元,抱回了一只跟她家里的几乎一模一样的青瓷花瓶。如今市场上的仿制品太多了,也太逼真了。她回到家里,打开了十分隐蔽的壁橱,小心翼翼地抱出价值不菲的青瓷花瓶。两只花瓶摆在一起,很难看出谁真谁假。玉英看着面前的两只花瓶,嘴角露出了一丝得意的笑容。玉英把从市场上买回来的花瓶放回壁橱内,把家里的那只花瓶,用毛衣把它包着,抱回娘家去了。

  第八天,玉英的丈夫回来,杜明又跟她提出离婚,玉英答应了。他们坐下来,商议财产问题。他们提到青瓷花瓶,玉英故意说她要青瓷花瓶,杜明不让,他说他什么都可以不要,就要那只青瓷花瓶。玉英见杜明态度强硬,心里暗喜。于是,她打开壁橱,死死地抱住那只花瓶,有怕被丈夫夺走之意。杜明见状上来了,想过来把花瓶夺过去。玉英就是不让丈夫靠近身边,东躲西藏。忽然,玉英一"失足"摔倒在地上,砰的一声,花瓶碎了。

  "啊!"杜明惊叫一声,呆住了。

  "哇……"玉英假装哭起来了,她卧在地上,连起都起不来。

  杜明由惊呆渐渐地变得愤怒起来,两眼冒出一股吓人的目光。他走上前,把玉英从地上拉了起来,狠狠地揍了她两拳。他仍觉得不解恨,举起手又要打她。但这回他的手没有落在她的身上,且放了她。杜明一句话也不说,悻悻地走了。

杜明走了,玉英可高兴了。两个拳头,至少换来了两百万元。现在好了,花瓶打碎了,这是最好不过的事情。她打扫着地上的碎片,感到自己是这个世界上最聪明的女人。

一星期后,玉英和杜明离婚了。

一个晚上,明月高悬,皎洁的月光静静地洒在大地上。玉英和父亲在阳台上赏月。父女感到赏心悦目时,玉英对父亲说:"爸爸,我给你看一样东西,保证你看后睡不着觉。"

"什么东西?"玉英的父亲问。

玉英没有回答。她走进房里,父亲跟她走进了房里。玉英抱出了她那只青瓷花瓶,玉英的父亲见到那只花瓶,眼睛为之一亮,问:"这只宝贝分给你?"

"不,这不是分的,而是智取!"玉英很是得意地回答父亲。

玉英的父亲一边欣赏着花瓶,一边不解地问:"此话怎说?"

玉英两手抱胸,在房里踱着步,把"智取"花瓶的前前后后告诉了父亲。父亲对女儿的做法,虽有些不满,但也不说什么,这只花瓶毕竟是件稀世之宝。她的父亲爱不释手,左看右看,当他把花瓶倒过来时,从花瓶内飞出了几张碎纸片。这几张碎纸片,在玉英看来比什么都可怕。花瓶里哪来的碎纸片?她在家里欣赏了无数次花瓶,鉴定专家也颠三倒四看了无数次,连一粒尘埃也应该没有的啊!

"啊……"玉英惊叫了一声。

玉英抢过父亲手里的花瓶,认真地看了起来。不看则已,一看她差点儿窒息。玉英完全可以判定,这只花瓶肯定不是她家里的那只青瓷花瓶,花瓶的边沿有些粗糙,没有她家里的那只那样光滑。难道……难道……在她之前,他就……

"怎么回事？"她的父亲看到女儿那失魂落魄的样子问。

过了好一会儿，玉英才缓过气来，她把疑惑告诉了父亲。

玉英的父亲，想了想说："你会偷梁换柱，人家就会移花接木啊！"

丑丈夫和他的瞎妻子

金田村有一个叫金丰的村民，他今年三十四五的光景，身高特高，个子足有一米八五，人长得十分难看。因为长得高，村里人都叫他"竹篙"，"金丰"的姓名倒忘了。竹篙为人老实，心眼儿极好。他七岁丧父，狠心的母亲丢下他跟人跑了。近年来，虽竹篙种果树积了不少钱，但因人长得丑，至今孑然一身。每逢农忙季节，有使不完的劲儿的竹篙，帮了东家帮西家，村子哪户人家他没有帮过忙？

有一天，村子那个做媒人的七婶终于踏进了竹篙家的门，七婶问竹篙："竹篙，你想不想娶老婆？"

"七婶，你别拿我开玩笑了。"竹篙有自知之明，这样回答她。

"我可不是跟你开玩笑，不过她是一个瞎子，可人长得挺美。"七婶认真地说。

"瞎子？"竹篙看着七婶叫了一声。

"你也嫌弃她？她才二十一岁，若不是瞎子，早就被人抢走了。"七婶有点儿不悦地说。

"七婶，不，不，我不是这个意思。"竹篙心想，这正合他的心意,他长得丑,瞎子正好看不见他那副怪模样。

几天后,竹篙和那个瞎子姑娘结婚了。瞎子姑娘叫玉英,她长着一副好身材,脸色红润,若不是一个瞎子,不知要迷倒多少男子,村里不少人为之惋惜。竹篙对玉英特别疼爱,不用她做饭,也不用她洗衣服,忙完外面,忙屋里。在村子里,常常可以看见竹篙牵着玉英的手,有说有笑地到处溜达。

结婚不到一年,玉英为竹篙生了一个胖儿子,这可把竹篙乐坏了。自从有了儿子,竹篙既当爹又当娘,忙得团团转。竹篙再忙,也不肯玉英插手。玉英很是感动,有一晚,她搂着竹篙激动地说:"老公,你太好了,要是能让我看上你一眼,就是死我也心甘情愿。"

"你要是看到我的样子,一定会被吓坏的。"竹篙如实回答妻子。

"不,你再丑仍是我的好老公。"玉英急着说。

竹篙听到这话,把玉英搂得紧紧的,对她说:"玉英,我一定要医好你的眼睛!"

第二天,竹篙带上多年的积蓄,带玉英到了北京、上海等地有名的眼科医院,医生都无能为力,竹篙只好把玉英带回家。可竹篙不死心,仍到处打听消息。一听到某个医生医术高明,他就不管远近前去求医。竹篙为了玉英的眼睛而奔走,人越来越瘦了。一次,玉英抚摸着他那消瘦的双手,流着泪说:"别再为我操心了,今生,能嫁给你这样一个好丈夫,我无怨无悔。"

一天,竹篙终于打听到邻县有一位八十高龄的江湖郎中,他曾因高超的医术而上过省电视台。听说他有家传秘方,使不少瞎子重见光明。竹篙立即去找那位江湖郎中,江湖郎中因年龄过高,加上手脚不灵活,已多年没出门。可那位老先生经不住竹篙

声泪俱下地苦苦哀求,终于跟他走了。一路上,凡是走路的路程,竹篙都背着那位老先生,好不容易,两个人才到了家。老先生详细看了看玉英的眼睛,十分有把握地说:"她这眼睛完全可以治好。"

第二天,竹篙送老先生回家,在他家拿了一个月的中药,有口服的,也有洗眼睛的。玉英吃到第二十五服中药时,她的眼睛真的看得见了。玉英搂着丈夫高兴得哭了,竹篙也高兴得为她流泪。

日子一天天过去了,不到一个月后,玉英提出要跟竹篙离婚。竹篙看了看漂亮无比的妻子,又看了看自己,点头同意了。

当他俩步出家门不远,忽然,玉英失声大叫:"我的眼睛,我的眼睛……"

"你的眼睛怎么了?"竹篙的脸色变了,吃惊地问。

"越来越看不清了,呜呜呜……"玉英害怕地哭了起来。

"别哭,别哭,你先回家,我再去找那位老先生。"竹篙说完立即上路了。

竹篙来到老先生家中,把玉英的情况一五一十全告诉了老先生。老先生问得很详细,最后,竹篙把离婚一事也告诉了老先生。

老先生扶了一下老花眼镜,看着面前老实可怜的竹篙,十分同情地说:"她的眼病,若再吃一个月的中药,就可以完全根治。可是,你想过吗?她的眼治好了,她就要离开你。如果你要她留在你的身边,你就说我前几天死了。"

竹篙扑通一声,跪在老先生的面前,说:"老先生,为了她的眼睛,我什么都不在乎,你就再给我一个月的中药吧。"

老先生看着跪在地上的竹篙,无可奈何地摇了摇头。

午夜惊魂

随着砰的一声巨响,我被惊醒了,妻子也醒了。紧接着又是砰的一声,不知是什么东西成了碎片。在这寂静的深夜,那动静如重型炸弹爆炸。砸东西的声音刚落,又传来了六楼那对年轻夫妻的争吵声。其妻哭着说:"我都成这个样子了,你还这个时候才回家。你还回来干吗? 就跟人家睡到天亮好了。老天留我干吗? 干脆让我撞死算了。呜呜呜……"

"你别这样行不行? 把整座楼都吵醒了。"其夫的声音。

"你害怕人家知道了是不是? 我偏不!"她的声音刚落,又传来了砰的一声。

"我说什么你才能相信,我真的是在给施部长赶明天的会议稿。"其夫也大声地说。

"你骗鬼去吧,咱们明天就离婚!"其妻愤愤地说。

"离婚就离婚,难道我怕你不成?"其夫立即说。

夜深人静,他俩的声音听得清清楚楚。上面六楼吵架的那对夫妻是挺不错的,男的在县委组织部工作,女的在一所中学当教师。平日,夫妻很恩爱。一个星期前,妻子因车祸,右腿被撞断了。也许是腿断的缘故,脾气变坏了。而丈夫因为加班,得不到妻子的理解,因而两个人的矛盾一触即发,谁也不让谁。我想了想,还是上去劝劝这对年轻人比较好。

我上了六楼,他家的房门大开,屋里已来了好几位邻居,有男

有女,男的在劝说丈夫,女的在开导妻子。可大家的劝说起不到一点儿作用,他俩是铁了心了,非离不可。后来,其丈夫还是礼貌地对我们说:"你们别多费口舌了,都回家去吧。"

我们非常失望地离开了他们的家。下楼时,住在我楼下的女人摇着头,自言自语:"哎,现在的年轻人,说离婚就离婚,谁也无法挽救。"

我回到家里,夜又恢复了平静。妻子问我怎么了,他们不离了吧?我对妻子摇了摇头,正想开口时,忽然,整座楼房摇晃起来,瓶子、茶杯什么的都掉到地上。我马上意识到,不好了,这是地震!我对妻子叫道:"地震!快逃!"我边说边冲进女儿的房间,拉着女儿逃命。

地震又打破了深夜的宁静,惊叫声、哭声汇成一片。楼房仍在摇晃,楼梯上都是逃命的人。大家逃到一块安全的空地,地震还没有停止,不少人拿出手机打亲戚朋友的电话,也有人拿着手机录像。我们那座楼的人逃离得最快,这无疑是那对夫妻把大家吵醒的缘故。如果这次是大地震,那他俩可是大家的救命恩人。

人头涌动,人声鼎沸。突然,空地上静了许多,大家都将目光投向楼梯口。我楼上吵架的那对夫妻,其夫背着妻子,就像电视里的慢镜头一样,一步一步地向我们走来,这一幕何等叫人感动啊!在生命的危急关头,其夫并没有舍去就要分手的妻子独自逃生。有几位邻居立即冲向他俩,扶着他们快速离开危险的地方。

他俩来到我们的身边,其夫蹲下身来,把妻子慢慢地放了下来。我的妻子上前扶着断腿的黄老师,关心地问:"黄老师,伤着没有?"

"没有。谢谢!"黄老师柔柔地回答我的妻子。

地震过去了,大地平静了。人们不敢回家,怕地震再次袭来。

黄老师的丈夫跑到楼下的一户人家,拿来了一张塑料的小椅子给黄老师。我发现黄老师用感激的目光看了她丈夫一眼。

不到三十分钟,电视台播出了地震的消息,说这是小地震,据地震专家说,应该不会有大地震发生,叫大家放心。人们这才陆陆续续回家睡觉了。黄老师的丈夫又背起了黄老师,一步一步上楼,我跟在他俩的后面。因为黄老师的个子比较高大,她丈夫背得很吃力,大口大口地喘着气。到了四楼,黄老师很是和气对她丈夫说:"看你累的,放我下来,休息一下吧。"

"不,不用。"她丈夫喘着气回答,继续背着她上楼。

我目送着他俩上楼,心里想,幸亏这场地震。患难见真情,是这场地震挽救了他们的婚姻。

不肖的儿子

刘文总经理送走客人,刚刚坐下来,又响起了敲门声。他对门外叫了一声:"请进!"

打开门进来的两个陌生人,叫刘总吃了一惊。一个中年女人扶着一个男人,那个男人被打得鼻青脸肿,上衣几乎染满鲜血,身边的女人泪流满脸。那个男人看着刘文,有点儿胆怯地说:"刘总,不久前,你的儿子叫几个人把我打成这个样了。大家都叫我来找你……"

刘文一听是这么回事,也相信这位陌生男人的话。他的儿子是太不像话了,到处惹是生非。这个不肖的儿子,怎样教育都无

济于事，你就是打他，也不管用。为了这个儿子，他真的伤透了脑筋，几次被气得心脏病发作。话说回来，刘文又的确是一个管理人才，一个公司八百多人，被管得服服帖帖的。提起刘文的名字，公司内外，哪个不伸出大拇指？可对儿子，他那一套理论一点儿也用不上。

子不教，父之过。如今，儿子在外面闯祸，作为父亲，他有不可推卸的责任。刘文看着面前被儿子叫人打成这个样子的男人，努力压住内心的愤怒，满面笑容地对他们说："走，我送你们去医院。"

刘文亲自把他们送进了医院。他从医院回来时，儿子刘伟伟已坐在办公室等他。刘文看到刘伟伟，那气就不打一处来，愤愤地质问："你为何无缘无故打人？"

"怎么说无缘无故，谁叫他看我？看我就该打，我还是便宜他了呢……"伟伟蛮有道理地回答。

刘文一听儿子说这话，气得话也说不出来，差点儿气昏了过去。刘文抓起办公桌上的保温杯，狠狠地向刘伟伟的头砸去。他想，这无可救药的儿子留着有什么用？他再有钱，也会败在儿子的手里。

幸亏刘伟伟躲得及时，他把头一偏，保温杯落在沙发的背上。刘文见保温杯砸不中儿子，又急忙去拿茶几上的茶壶。刘伟伟见势不妙，夺门而逃，刘文便拿起茶壶向儿子砸去。这回，茶壶落在刘伟伟的背上，刘伟伟痛苦地叫了一声，落荒而逃。刘文追到门外，冲着他的背影叫道："从今以后，我没有你这个儿子！"

夜深了，刘伟伟不敢回家，今天，他是有点儿怕父亲了。他走在空荡荡的街道上，想到前面的一家宾馆开房。忽然，一辆无牌的面包车在伟伟的身边停下，车上下来两个蒙面人，把刘伟伟推进了车内。霎时，那辆面包车消失在黑夜里。那辆面包车把刘伟伟带到荒野里，车上的四个蒙面人把刘伟伟拉了下来，刘伟伟看到这个架势，早已吓得屁滚尿流。从车上一下来，刘伟伟就跪在他们的面前，哀求着他们说："你们别打我，要多少钱，你们开口。"

"我们不要钱，要你的命！"一个蒙面人说完，一脚狠狠地踢在他的身上。

刘伟伟惨叫一声，痛得在地上打滚，口里叫着："别打……别……打……"

四个蒙面人，毫不手软，每一拳每一脚都那么狠，他们就像打一条狗一样。他们边打边气势汹汹地骂道："以后，看你还敢不敢那么嚣张！"刘伟伟后来连叫也不会叫了，只好任他们拳打脚踢。见收拾得可以了，四个蒙面人才上车走了。

刘伟伟就像一条死狗一样睡在地上，他们走了好久，他才小声地呻吟起来。然后，他才掏出手机打110和120。他想了想，还是也给父亲打个电话。父亲的电话通了，可他就是不接电话。刘伟伟知道，他再打也没用，父亲是再也不会接他的电话的。他只好打电话给母亲，母亲接到他的电话，说她和他的爸爸马上到医院去。

警车和救护车来了，刘伟伟还是爬不起来，他是被医生和警察抬上救护车的。刘伟伟到了医院不久，他的妈妈到了，他的爸爸却没来。刘伟伟的妈妈看到儿子被人打成这个样子，伤心地哭了。她哭完后，问儿子："你知道是谁打你的吗？"

刘伟伟有气无力地摇了摇头。

刘伟伟的妈妈立即打丈夫的手机，丈夫的手机通话了，她没好气地质问丈夫："姓刘的，你还来不来？儿子都快死了，你就这么狠?"

"这样的儿子死不足惜!"刘文说完就把手机挂了,气得刘伟伟的妈妈大骂不止。

到了第五天,刘文才到医院来看儿子。他一踏进病房,刘伟伟就立即从床上下来,跪在爸爸的面前,悔恨地说:"爸爸,我现在知道错了。你原谅我这个不肖的儿子吧,以后我会好好做人!"

刘文没有上前把他扶起来,刘伟伟就不敢起来。刘文走上前问:"伟伟,你真的知道错了?"

刘伟伟没有回答,跪在地上失声痛哭,他哭得那样伤心。

此时,刘文的嘴角露出了一丝不易察觉的笑意,他上前把儿子扶了起来。

婚姻保修期

高明和几位兄弟吃得正来劲时,忽然,他的手机响了。高明的手机一响,几只举起杯的手,都把杯放到桌子上。高明一看手机,是妻子彩霞打给他的。他接通电话,没好气地说:"催什么催,还不到十一点呢!"

"我才懒得理你,你想回家就回家,不回家拉倒。我跟你说一声,我妈住院了,我在医院陪妈妈,今晚不回家。"彩霞回答他,她的口气也很不好,她说完就把手机挂了。可以想象,彩霞的口气不好,完全是由高明引起的。

坐在高明身边的华东看了他一眼,问:"老婆叫你回家?"

"不,岳母住院了。别管她,来,大家喝酒。"高明说完,举起酒杯对大家说。

高明酒一下肚,就寻思起来。岳母住院,不是给他一个好机会吗?最近,他和保姆好上了,想到家里的保姆,高明再也坐不住了,他哪儿还有心情喝酒?于是,高明站了起来,对大家说:"大家是兄弟,不好意思,不好意思,岳母住院了,还是去看一看。"

高明离开大家,不是去医院,而是快速回家。在回家的路上,想到保姆金英那迷人的身材、甜心的话语,叫他如何不激动呢?高明笑容满面,他真的巴不得岳母住院住上一年半载。高明回到家,打开门,屋里没有一点儿灯光,金英已睡了。高明没有叫她,而是轻手轻脚地走向她的房间。

高明推开金英的房门,就听到她那酣睡的鼾声。高明向床上的金英猛扑上去,抱着她,又是摸又是吻,嘴里还不停地说:"金英,那个死鬼今晚不在了,我们可以尽情地享受了。金英,你太美了,你想死我……"

"啊……"高明痛叫一声,他的鼻子被狠狠地咬了一口。紧接着,高明被一脚踹下了床。

"金英,你……你怎么了?"高明在床下问。

"是你怎么了?"

在床上反问他的不是金英,而是他的妻子彩霞。彩霞的这一声巨吼,使整座楼房都震动了一下。霎时,房内的灯亮了,高明伏在地上没有起来,也许他被吓坏了。

彩霞满脸怒气。她从床上下来,用脚狠狠地踢了一下趴在地上一动不动的高明,厉声地问:"怎么变成了一个死鬼?刚才你不是很威风吗?你以为我是一个傻子?我早就看透你了,你还有

什么话可说？"

"彩霞，你原谅我吧，以……以后，我再也不敢……敢了……"高明哀求着妻子。

"没有以后了，明天，咱们离婚吧！"彩霞不解恨，又踢了他一脚。

"彩霞……"高明抬起头叫了她一声。

"再没有可说的余地了！"彩霞斩钉截铁地说。

彩霞没有理他。她刚要走出房里时，高明死死地抱住她的双脚不放，说："彩霞，咱……咱们买冰箱时，还有三年的保……保修期，难道我……我们的婚姻就没有保修期？"

"你放不放手？婚姻保修期？笑话！"彩霞说完，冷笑了一声。

这一晚，彩霞失眠了。她老是在问自己，婚姻究竟该不该有保修期？

失踪的狗

中午，玉春跟友三大吵了一架之后，在家里搜出了一把生锈的大刀，在家门口磨起刀来。玉春满脸怒气，用力地磨刀，那霍霍的磨刀声，整个村子几乎都听得见，令人生畏。许五爷在玉春的家门口经过，停下来问他："玉春，你磨刀干吗？可不要干傻事。"玉春没有回答，好像听不见似的。许五爷站了一会儿，也就走了。玉春足足磨了半个小时，把那把生锈的大刀磨得亮晃晃的。玉春用大拇指试了试刀刃，感到锋利无比。玉春的右手攥着那把刀,在村子里寻找,嘴里还唠叨着:"看你能跑到哪儿去。要是让我见到,我就把你劈成两截!"

玉春从友三的门口经过时,发现从不锁门的友三在门上锁了一把大锁。玉春来到村后的竹林,终于看到自己家的那条大黑狗,那条惹事的狗趴在地上。玉春看到那条狗,那气就来了,他快步向狗走去。那条趴着的狗,看到凶神恶煞的主人向它走来,而且手里攥着明晃晃的大刀,感到不对劲,立即起身,并且做出了逃跑之势。原来是这么回事。中午,玉春从田里回来不久,友三手里提着两只血淋淋的鸡,来到他的家里,说是他家的狗咬死的。当时,友三的态度很不好,两人大吵了起来。后来玉春赔了友三100元。玉春决定把这条狗给宰了,免得以后给他惹是生非。

离狗只有三四米时,玉春不动声色,把手里的刀举了起来。狗见势不妙,拔腿就跑。玉春追了起来,边追边叫:"你别跑!我劈死你!"

玉春当然追不上狗,他用尽全力把刀向狗扔去,刀落在狗的身边,只差三四十厘米就能打中狗。黑狗回头一看,那把刀深深地插在地上。狗吓坏了,一下子跑得无影无踪,消失在竹林里。虽然那一刀打不中狗,玉春多少还是解了气。拔起刀时,他还对着狗逃走的方向愤愤地说:"你有本事就别回家,回了家,我不把你劈成两截才怪!"

玉春回到家,没有把刀拿回家,而是放在门口的鸡舍上,显然,他是不会放过那条狗的。黄昏,那条狗没敢回家,第三天中午,那条狗试探着回家来。它在家门口徘徊,不敢入屋。玉春看见门口的狗,那怒气不打一处来,抓起那把刀又追了出去。玉春拿着刀追了几条巷子,把狗的魂都吓散了。从此以后,玉春就再也见不到那狗的影子了,那条狗失踪了。狗失踪了,玉春自言自语地

说了几次："看来,你这条狗真是聪明。不回来也好,不回来也好……"

午夜,玉春被人吵醒,整个村子沸腾起来。玉春不知道村子发生了什么事情,急忙穿好衣服出来,见村口有一大群人。玉春走进人群,见友三被众人抓着,而一条瘦得皮包骨的狗睡在地上,奄奄一息。玉春细看,这条瘦狗就是他家失踪了多天的黑狗,不远处还有玉春家一头大水牛。原来,友三是一个偷牛贼。友三偷牛出来,那条狗出其不意咬了友三几口,痛得他大叫。黑狗死缠着友三,不让友三离开。友三怕败露,忙逃,可那狗挡住他的去路,死死地咬住友三不放。不管友三怎样踢它,它就是不松口,友三又被咬得大叫了几声。友三的叫声,惊醒了附近的人。

因以前村子被偷了几头牛,这事儿当然不会轻易了事。有人报了警,不久,派出所的警车来了,把友三带走了。村人回家了,玉春知道错怪了黑狗,把它抱回家。可还没有到家,那条狗就咽气了。

第二天,友三对犯罪事实供认不讳。村子以前丢失的牛都是他偷的,有一段时间他下不了手,是因为玉春家的那条黑狗总是跟他作对。友三几次想杀死它,都无法得手。后来,他生了一计,把家里的两只鸡打死,说是被玉春家的狗咬死的。后来,友三以为玉春家的狗真的失踪了,就大胆地偷牛了。想不到那条狗并没有失踪,白天它离开村子,到外面去觅食,到了晚上,它又回来,因而被饿得皮包骨头。它这样做,就是为了洗清自己的冤情……

美丽的邂逅

大年初三,春光融融,人们的脸上满是笑意,一切看上去都那么顺眼。蒋文迈着矫健的脚步踏进了蓝天广场,就要上电梯时,听到了一声久违而熟悉的声音:"蒋文,蒋文……"

蒋文抬头一看,也惊喜地叫了一声:"素兰,是你!"

素兰跟着电梯缓缓而下,笑容可掬。蒋文没有上电梯,而是退了回来站在一边等素兰。三年前,蒋文和素兰两人深深地相爱了,后因为一件小事,他俩又分手了。当时,他们一个往省城,一个往京城,很要强的两个人,谁都不想先给对方打个电话,可是,谁都在盼对方的电话。两个人各坚持了一个多月,当蒋文率先给素兰打电话时,素兰的手机号码却换了,不久,蒋文的手机号码也换了。从此,两个人再没有联系过。想不到今天的春节,他们会在蓝天广场碰到。今天相见,两个人格外高兴。

素兰从电梯下来,向蒋文伸出了纤纤的小手。蒋文迟疑了一会儿,才把手伸向素兰。素兰拉着蒋文的手,高兴地问:"蒋文,春节过得愉快吗?"

"今年的春节过得很愉快!素兰,你呢?"

"我也是。"素兰打量着蒋文回答。

人们进进出出,人声鼎沸。两人来到一个角落,蒋文关心地问:"素兰,这些年你过得可好?"

"好,好,过得很好!"素兰满脸阳光地说。

"是吗？这我就放心了。"蒋文扶了一下眼镜回答说。紧接着，蒋文又问："素兰，你结婚了吗？"

"结婚了，我的女儿也一周岁了，长得太漂亮了，像她爸……"素兰笑着回答他。

蒋文看到她那个样子，知道她一定过得很幸福，便笑了笑说："我也快做爸爸了。"

"蒋文，你好狠。当时，你为什么不打我的电话？我一直在等你的电话。"素兰看着蒋文，对他提起了往事。

"我打你电话时，你的号码已经换了。"

素兰正想回答，突然，她的手机响了，她很礼貌地对蒋文说："对不起，我先接个电话，你等一下。"素兰接通电话，温柔地说："喂，什么事情……是吗？好，好，我这就回家。嗯，知道了，我挂了。"

素兰打完电话，对蒋文说："老公打我的电话，说那个宝贝女儿哭了，叫我快点儿回家。蒋文，你的妻子对你怎样？"

素兰的两只眼睛盯着他，蒋文避开了她那热辣辣的目光，说："她对我很不错。"

素兰的眼睛很厉害，她知道他在骗她，她本不想问，但她还是问了："蒋文，你是从来不说谎话的。你别骗我了，我从你的眼神中就可以看出，你在骗我。我们相爱了几年，我还不了解你吗？她一定对你不好，是不是？"

蒋文没有再说什么，好像默认了。

素兰见他这个样子，有点儿得意地说："他呀，对我可好呢！"

蒋文从衣袋里掏出香烟，点燃。素兰看着他问："蒋文，你什么时候学会了抽烟？"

蒋文从口里吐出了一团烟雾，有点儿酸楚地说："咱们分手之后。"

素兰听到这话,脸上的表情发生了微妙的变化,她的心里很不是滋味,她有点儿后悔刚才不该在他面前表现得那么得意。蒋文又抽了一口烟,问素兰:"素兰,你的手机号码是多少?"

两人互相告诉了对方手机号码,彼此祝福,握手告别。蒋文踏上电梯回头看素兰时,素兰仍呆呆地站在原地望着他。电梯上到二楼,蒋文不想再欺骗她了,拿出手机给她发信息:素兰,对不起,刚才我不该骗你。其实,我没有结婚,自从跟你分手后,我真的无法忘记你,再也看不上其他姑娘。今天,看到你那么幸福,我也就放心了。祝你越来越好!

蒋文发完信息,心里好像轻松多了,不知是因为他没有欺骗她,还是因为看到素兰很幸福。蒋文刚刚走出几步,手机就响了起来,一看手机,是素兰打他的。他按了一下接听键,立即传来素兰焦急的声音:"蒋文,刚才,我也是骗你的,我至今也没有结婚。因为我……我太爱你了……"

素兰无法说下去,接着传来了她的哭泣声。蒋文一听,急忙叫道:"兰,你在门口等我,我马上下去!"

蒋文转身下楼。在电梯上,他看到素兰慌慌张张从外面走进来。蒋文朝她挥手大声叫喊:"兰,兰……"

父 亲

我父亲这人很怪,他把钱看得比生命还重,有病不吃药,不看医生。我们做子女的拿他没办法,你说他、劝他、逼他,他也无动于衷。最近,父亲又犯心脏病了。我们子女几个,软硬兼施,才把父亲带到医院。医生给父亲看后,开了一种新药,说治心脏有特效。我到药房买药时,发现那药很贵,一盒要83元。

我知道父亲的脾气,这药拿回家,父亲是绝对不吃的。于是,我跟医生商量,可不可把标价撕掉,贴上3.8元的价格。医生不解,问我为何要那么做。我便把父亲的怪脾气跟她说了。医生很理解我,把83元的标价撕掉,贴上3.8元的标价。

我把药拿回家,父亲看了看药的标价,不再说什么,便按时服药。那药的质量真不错,可谓立竿见影。父亲服了药,心脏病好多了。晚上,吃饭时,父亲对我说:"这药真不错,又便宜。你们别以为药贵,就能治好病。其实,不少便宜药,同样能治好病。"最后,父亲又要我多给他买几盒。

我忙点头,口口称是。父亲中我的圈套了,我很是得意。次日,我又买了五盒回来。第三天中午,父亲又要我多买几盒药。我说我不是刚买了五盒嘛,等吃完再买吧。想不到父亲却说,他把这种既便宜又对心脏病有特效的药介绍给了邻居老陈和老杜。他们也有心脏病,他们服后都说这药相当不错,他把那几盒药卖给他们了。

听到父亲这话,我愣住了。为了父亲的病,我不敢对父亲说实话,只好将错就错。

几天后,我在公司上班,突然接到妹妹的电话,说父亲心脏病又犯了,很严重,已被送往医院抢救。我赶到医院时,父亲已不省人事了。我不解地问妹妹,父亲不是在按时服药吗,怎会如此?妹妹回答我说,邻居的老陈跟父亲闲聊时,把药价给说了出来。

父亲知道后怎么不给气倒?他把83元一盒的药以3.8元的价格卖给人家。

贼抓贼

清晨,太阳还没有出来。

金竹老汉风风火火地跑到一户人家门前,发现人家还没有开门,就用拳头擂门,边擂边失声叫道:"建忠,建忠,快开门,我家的牛被人偷了……"

建忠是村主任,故金竹老汉第一个来报告他。建忠听说村子的牛又被人偷了,立即开门出来。建忠看着脸色惊慌的金竹老汉,问:"金竹叔,不是牛自己跑出去了吧?"

"绝对不会,牛舍的门我是上锁的,锁头都被人撬开了。"金竹老汉急忙说。

宁静的早晨,不一会儿便沸腾起来。两个多月前,村子被人偷走了一头牛,想不到时隔不久,又有人这么大胆。这个偷牛贼究竟是本村的,还是外村的?从这两次被偷的牛看,十有八九是

本村人偷的,因为这两头被偷的牛是村子中比较大的牛。要是不把这个偷牛贼揪出来,整个村子就会人心惶惶。建忠在村子吹起了哨子,大声呼叫:"凡是年满16岁的男女,马上到祠堂前集中,不来的当偷牛贼论处!"

祠堂前很快挤满了人,这可不是小事儿,连不满16岁的人都来了。建忠想,现在这么早,如果是村里的人偷牛出去,现在肯定还没有回到村里。不到两分钟,人就到齐了,这次集合是最快的一次。建忠开始查点人数,他把注意力放在几个曾有过吸毒和赌博前科的家伙身上。想不到那几个有前科的家伙都在现场,而且村子不缺少一个人。建忠又马上派出了十多辆摩托车,到各条路上追堵,还要去几个屠宰场。

村子又平静了下来,建忠坐在沙发上,自个儿默默地抽着烟,心想:这个偷牛贼会是谁呢?突然,一个人走进屋里,叫了一声:"唐主任……"

唐建忠抬头一看,见是李茂,没有言语。李茂在十年前也是一个贼,坐过一年牢。李茂从监狱出来后,改邪归正了,承包了村里二百多亩荒山,种上了荔枝、龙眼、杧果等,而今挂果累累,成了一个远近闻名的水果大王。李茂见建忠没有说话,又说:"唐主任,依我看牛还没有牵出村子。"

"你说什么?说不定已经在市场上变成了牛肉了,还说没有牵出村子。"建忠显得有点儿不高兴地回答。

"唐主任,你想一下。现在的天气这么热,在村子里,凌晨两三点还有人没有睡,那贼在那个时间肯定不敢行动,只能等人们熟睡了才敢下手。"李茂停了一下,接着说,"你再想想,如果三点多到四点牵牛,那他只有一个多小时赶路。一个小时,牛走不了6公里。可从我们村子到镇上就有14公里,这牛他牵得出去吗?"

建忠听到这些话,那眼睛立即放光。他两眼看着李茂,问:"那你说是牛被藏了起来?"

"对!"李茂接着说,"这个偷牛贼肯定把牛藏在茂密树林里,或茂密的草丛里。到了今晚,他就会把牛牵出去。有谁会想到他会在第二天晚上才把牛偷走呢?"

建忠站了起来,击了一下掌,兴奋地说:"你的分析完全正确。那是不是把派出去的全叫回来找牛?"

"不行!不行!为了迷惑偷牛贼,不但不能叫他们回来,还要多叫几个人出去找。而我们暗中叫几个信得过的在村子的外围找牛,要千万小心,不能打草惊蛇。"李茂说完,又补充了一句:"谁找到了牛,千万不能把牛牵回来。"

"为何?"建忠不解地问了一句。

"我们把牛当诱饵。到了晚上,那个偷牛贼肯定要去把牛牵走,那时,我们就能抓到这个贼!"

"好计策,好计策!"建忠非常满意地说。

建忠叫了村里的两个副主任和李茂四个人找牛,人不敢叫多,怕暴露了。他们从上午一直找到下午四点多,最后,建忠才在一个杂树丛生的山窝里找到。那头大水牛的嘴被用绳子缠着,叫不出声来。建忠找到了牛第一个给李茂打电话,李茂告诉他小心离开,也不要告诉另两个副主任,越少人知道就越好。

镰刀似的月亮在繁星中穿行,淡淡的月光,照在一片荒野上,蟋蟀在叫个不停。晚上,四个人的手里都绑着一根一米多长的钢管,还各自拿着一支手电,埋伏在那头牛的周围。他们从十点钟开始,就伏在草地上等那个偷牛贼。他们忍受着那疯狂的蚊子的袭击,始终不敢出声。

还不到十一点钟，就见一个高个子鬼鬼祟祟向这头牛走来。他快到牛的身边时，又仔细地看了看周围，见远近没人，才走到牛的身边，伸手去解绳子。就在那人解绳子时，建忠的钢管狠狠打在他的大腿上，那人还来不及叫，紧接着，李茂的钢管也落在他的腿上，那个偷牛贼惨叫一声，倒在地上。霎时，几束强烈的手电光照在那个偷牛贼的脸上。

"是你？"建忠惊叫一声。

那个偷牛贼就是村里曾经的一个赌徒，叫韩水。在建忠几个人的追问下，韩水不得不说出实话，上次的牛也是他偷的。他把牛牵到赤叶村，就有人用货车接走。于是，建忠把这个重要情况报告了镇派出所，要他们到赤叶村来，把这个偷牛团伙一网打尽。

他们五个人和一头牛一起上路了，路上，韩水不停地跟其他偷牛贼联系，建忠也跟派出所保持联系。他们来到赤叶村约定的地点时，那辆运牛的货车早已在那儿守候了。那边的两个人看见牛来了，就走了上来。此时，派出所五个人也冲了上来。那两个偷牛贼看见那么多人，只好束手就擒。

在派出所的审讯下，那两个开车运牛的，又供出了另外五个偷牛贼。这个偷牛团伙，终于被一网打尽。

是谁放的火

中午时分。突然，从村子的西边传来了呼叫声："救火啊……"人们听到呼叫声都走了出来，看到那熊熊燃烧的地方，都不去救火,而是走回家里。那起火的是村主任林松的猪舍,从猪舍里传出的猪叫声,响彻云霄。林松和老婆还有一个儿子,三个人在救火。猪舍离水塘不到十米。林松和老婆不停地呼叫,就是没有人出来救火。中午,到田里劳动的都回来了,为什么人们不出来救火,况且又是村主任的猪舍失火?

猪的叫声越来越小,很快就听不到了,那猪肯定是被烧死了。火慢慢地灭了,林松暴跳如雷,吼叫着:"是谁吃了豹子胆,敢把火放到我的猪舍来?叫我查出来,我非剥他的皮、抽他的筋不可!我看他不坐十年牢才怪……"

林松说完就打电话给派出所吕所长,说成他的房子被人烧了,要他马上来一趟。吕所长答应他马上就到,并要他保护好现场。

林松的猪舍起火,村子里的三四百人,为何都无动于衷?这是因为林松做人太霸道了,他当村主任这么多年,一直欺压村里人。凡事他说了算,他说行就行,不行就不行。有些男人出去打工,他还强行和人家的妻子发生关系。别人家种的水果什么的,想摘就摘,想拿就拿。村子里的人哪个不讨厌他?别说是猪舍失火,就是他家的房子失火,也不会有人去救火。

不到半个小时,一辆警车开进了村子,派出所吕常所长来过林松的家,警车在他家的面前停了下来。林松见警车来了,急忙从屋里走了出来。吕常看了林松的房子一眼,不解地问:"林主任,你不是说房子失火了吗?"

"吕所长,刚才我讲得太急了,是我的猪舍,我的四头猪被活活烧死了。我带你们去看看。"林松愤愤地说。

吕所长刚迈开步,又退回了两步。他看见屋里的林涛,吃惊地问:"林主任,林涛是你的儿子?"

"是,你怎么认识他?"林松奇怪地问。

"他跟我读初三的儿子是同学,他可帮了我儿子的大忙。"吕所长说完,又夸了一句,"林涛可是一个聪明的孩子,今后肯定有出息!"

吕所长这样夸林松的儿子,可林松并不怎么在乎。他们来到林松的猪舍前面,林松用手指着被烧掉的猪舍对他们说:"就是半个小时前,不知是哪个放的火。"

"怎么被烧成这个样子?水塘不是很近吗?村子的人,一人一桶水,就把火给灭了。"吕所长看着林松说。

"吕所长,你有所不知,基层的工作难做啊,我在搞计划生育时得罪了他们。所以……"林松很是气愤地说。

吕常点了点头。

"吕所长,我现在把全村人集中起来,你一个个地审问,怎么样?我就不相信审不出来。"林松又说。

"不能这样,不能这样。"吕所长立即阻止他说。

吕常对林松说:"林主任,你回家吧。我们几个到附近几户人家了解一些情况。"

"我跟你们一起去吧。"

吕所长摆了摆手,说:"不用,不用。你回家吧。"

吕所长他们三个人走进离猪舍比较近的几户人家,问他们有没有看到一些可疑的情况。几户人家都说没有注意,没有看到什么。有一家胆子大,还在吕所长他们的面前幸灾乐祸,说什么猪烧死是小事儿,要是把林松烧死就好了。吕所长他们一无所获,回到林松家里,林松问:"吕所长,怎么样?"

"林主任,这事儿真不好办,说大不大……"

林松打断他的话说:"吕所长,像你这样客气,他们肯定不会老实交代。我把他们全集中起来,我就不相信审不出来!"

"林主任,工作不能这样做。难道你要来个屈打成招?"吕所长反问他。

"那我几头猪不就白白被烧死了?这次,抓不到这个放火的家伙,下一次,他就敢烧我的房子!"林松大声地嚷着,他的声音整个村子都听得见。

"林主任,我们还有要事要办,明天,我们几个再回来。"吕所长说完,又郑重地警告他说,"林主任,我走后你可不要乱来。"

"我可不是好惹的。"林松说了一句。

下午,在田里劳动的人们,都在互相猜测是谁放的火,都说那个人可是英雄。

吕所长几个回到派出所不久,林涛就走进了吕所长的办公室。吕所长看到林涛,惊喜地叫了一声:"林涛,你怎么来了?"

"吕叔叔,我是来向你自首的。"林涛小声地说。

"你说什么?"吕所长吃惊地问。

"吕叔叔,那火是我放的。"林涛低着头说。

吕所长走了过来,温和地问:"林涛,你为何放火?告诉叔叔。"

"吕叔叔,我爸爸太不是人了,在村里做得很过分,人们敢怒不敢言。我放这把火,希望能使我的爸爸觉醒,今后和大家和睦相处。"林涛一五一十地说,好像他是想好了的。

吕所长看到十五六岁的林涛这么懂事,又问他:"林涛,你也真傻,干吗放火?干吗不跟爸爸好好谈一谈?"

林涛抬头看了吕所长一眼,说:"叔叔,我跟他说了多次,他就是不听。他不但不听,有时还把我骂一顿。"他说完,有点儿担心地问:"叔叔,我是不得已的。中午,我过于冲动,你们还抓我吗?"

"你是一个好孩子,叔叔为你高兴,也为你网开一面。不过,以后不能再干傻事。你爸爸的事,我一定会好好地跟他沟通,教育他。"吕所长非常满意地对他说。

林涛用两只眼睛看着他问:"叔叔,那我可以回家吗?"

"可以!"吕所长对他说。

后来,在与吕常所长多次谈心之后,林松终于认识了自己的过错,完全变了一个人。

丈夫有外遇

秀玉在厨房洗碗筷时,传来了女儿的咳嗽声,她擦干手,走进房间摸了一下五个多月的女儿的额头,好烫手!她得出去买点儿退烧药,可女儿谁来照顾?丈夫志光一吃完晚饭,就说公司要加班,出门走了。他的公司不是很不景气吗?又不知加什么班,每月才发五成的工资。秀玉家的生活原本就不那么好过,如今发五成的工资,那生活就更难以维持了。秀玉几次提出要找工作。志光都不肯,要她在家好好带孩子。

趁女儿没醒,秀玉便匆匆地出门了。快到一家药店时,她发现志光跟一位漂亮的女人有说有笑地迎面而来,秀玉急忙躲开。秀玉悄悄地跟在他俩的后面,他俩拐过一条大街,一同走进宾馆。秀玉站在宾馆的门口,是进去还是不进去?终于,她想到发热的女儿,便退了出来。

女儿的烧退了不少,十二点多了,志光还没有回来。他明明知道女儿发烧,怎么一出门,就把这个家忘了?这几天晚上,志光都加班,要是加班怎么不到公司?这使秀玉不得不怀疑起丈夫来。她抓起话筒,按了一个熟悉的号码,电话很快接通:"你好,江经理吗?"

"我就是,你是?"

"真不好意思,打扰你一下。这几天晚上,你们的公司要加班吗?"

"公司要关门了,还加什么班?"

丈夫在骗她,她伤心地流出了泪水。人家说男人没有一个是好东西,这回她信了。想不到这么老实的丈夫,也背着她搞女人。到了凌晨一点多,志光才回来,秀玉装作睡着了。志光精疲力竭,他用手摸了一下女儿,便脱衣服睡了,很快发出均匀的鼾声。

这一夜,秀玉尝到了失眠的滋味。

第二天吃早饭,秀玉若无其事地问:"昨晚什么时候回来的?"

"快两点钟了。"

"公司有那么多事情要做,加班到那么晚?"秀玉仍一脸不在乎的样子。

"公……公司那么大,要做的事情多着呢。"志光说话有点儿乱了。

秀玉不想把昨晚的事情追问下去,且自己没根没据。如今想问个明白,那会一无所得。等他晚上"加班"了,去现场捉奸。

今晚,秀玉把母亲也叫来了,有意叫母亲来照顾女儿,自己好跟踪。

晚饭后,志光又说要去加班,秀玉随尾而去,志光又走进了那家宾馆。这回,秀玉毫不犹豫地跟了进去。

志光上到二楼,有几位正在装修(重新装修),锤的锤,锯的

锯。志光跟他们打过招呼,也拿起工具干了起来。不一会儿,昨晚在街上和志光在一起的那个女人从三楼下来。人们都笑着跟她打招呼:"黄老板,你好。"秀玉躲在后面,看得目瞪口呆。

一轮明月悬挂在空中,洒下如雪一般的月光。秀玉回家时,那短短的一段路,却走了不少时间。今晚,她做了准备,准备跟丈夫大吵一场,想不到会是如此。又是一点多钟,志光拖着疲惫的身子回来。今晚,秀玉备了一份可口的点心温在锅里。秀玉见丈夫回家,急忙给他端了出来,温存地说:"饿吗?趁热吃吧。"

志光确实有点儿饿了,狼吞虎咽起来。秀玉看到他那个饿相,内心像打翻一瓶五味瓶,酸甜苦辣什么滋味都有……

秀玉枕在志光的手臂上,柔柔地问:"光,你为何骗我?"

"我骗你什么?"

"你干吗骗我在公司加班?"

"你知道了?"

"我还怀疑你有外遇呢,干吗不告诉我?"秀玉如实地说。

"公司没希望了,下岗是迟早的事情。其实你也够苦了,我不想增加你的负担。"

秀玉抱紧了丈夫,一颗泪水滚落在丈夫的胸脯上。窗外的月光透过窗子照了进来,今晚的月色真美。

丈夫从宾馆走出来

春娇开着摩托车从佳佳宾馆经过时,看到丈夫景新从宾馆里鬼鬼祟祟地走出来。她大吃一惊,犹如一把锋利的刀子刺进心里一样难受。谁都知道,佳佳宾馆是一家供男人寻欢作乐的宾馆。听说宾馆里的姑娘很漂亮,都是没有超过二十岁的。春娇很想立即上前,责问丈夫到这里来干吗,但她还是忍了,在宾馆门口跟丈夫吵架成何体统,回到家里问丈夫也不迟。

春娇回到家里不久,景新回来了。她没有对丈夫发脾气,好像什么事儿也没有发生一样。她看了丈夫一眼,淡淡地问:"刚才,你到哪里去了?"

"到同事家里去坐了一会儿。"景新回答妻子说。

"哪位同事?"春娇又好像心不在焉地问。

"卓远鹏……"

"施景新啊施景新,我原以为你是一个很老实的人,你什么时候也学会了撒谎?二十多分钟前,我就在街上碰到卓远鹏,他带着妻子和女儿,我还跟他们聊了一会儿。你究竟是去了哪里?还是老实交代吧。"春娇越说越生气,她知道丈夫肯定没去他的同事家,故说在街上碰到卓远鹏。

"我去打了一会儿麻将……"

春娇再也无法忍了,拍了一下桌子说:"你不承认是不?你要是不老实承认,我就不会原谅你。"

"你要我承认什么,我做错了什么?"景新看着妻子问。

"那好,你不说我说。今晚,你去佳佳宾馆干吗?"春娇怒目圆睁地瞪着丈夫问。

"我……我……"景新吞吞吐吐,还不想说出来。

"你不说是不是?那好,那我现在就走。"春娇流着泪水说。

"你别逼我行不行?"景新对妻子说了一句。

春娇收拾着衣服,回过头来,说:"我走了,你就解放了。"

景新看了看妻子,无可奈何地说:"我说吧,今晚,是蒋局长叫我送两千元到宾馆去的。"

"蒋局长叫你送钱去?我才不相信。"春娇半信半疑地说。

"不相信,你可以打电话到蒋局长家,看他在不在家。"景新对妻子说。

"他叫你送钱干吗?"

"我不知道,这事儿你就别再问了,行不行?"景新用恳求的口气对她说。接着,他又说:"春娇,我忘了告诉你。下午,蒋局长亲口答应我,把我提升为干部科科长。"

"真的?"

"当然是真的!"

"景新,刚才,我错怪你了,你还在生我的气吗?"春娇看着丈夫问。

"我是那样小气的人吗?"景新反问了她一句。

几天后的一个下午,办公室主任来到景新的身边,对他说蒋局长叫他到他的办公室去。景新的心里颇为高兴,他认为蒋局长肯定是跟他说干部科科长的事情。景新快步来到蒋局长办公室,敲了敲门,便推门进去。他见蒋局长满面怒容地坐着,便小心地叫了一句:"蒋局……"

景新的话还没说完,蒋局长把一沓钞票狠狠地向景新掷了过来,那沓钞票散落在地上。蒋局长站了起来,愤愤地骂道:"你太让我失望了,我叫你送钱的事儿,你怎么到处乱说?"

"蒋局,我……真的没有……"景新不敢看蒋局长,胆怯地说。

"还说没有,不是你是谁?快给我滚出去!"蒋局长怒气冲天地对景新大喝一声。

景新回家追问起妻子,妻子说只告诉了她的嫂子。半个月后,干部科的科长别当了,景新不但没当科长,还被调到一个最坏的科室。

爸爸病得及时

下午,几个同事下乡还没有回来,只有我在办公室改稿。忽然,我的手机响了,打开手机一接听,是一个清脆、甜美的女声:"你好,你是《东湖日报》的夏阳编辑吗?"

"对,我是夏阳,你是……"我放下手中的笔回答。

"我是你多年来的忠实读者,是你的崇拜者。夏编辑,你的文章写得太好了,尤其是那部长篇小说《无罪的第三者》写得太棒了!"她的声音很兴奋,很激动。

"是吗?请多多指教。"我谦虚地对她说。

"夏编辑,我想见见你可以吗?"她用征询的口吻对我说。

"有这个必要吗?"我淡淡地回答她。

"我想见你的愿望非常强烈,我一生最崇拜的人就是你。"

"你贵姓,怎样称呼你?"

"我姓林,你就叫林妹妹吧。"

"好吧,林妹妹,现在我在办公室,你就到办公室来吧。"我想了想说。

"夏编辑,还是晚上见面吧?"

"干吗晚上?"我有点儿不解地问。

"你呀,小说都会写了,怎么连我这个意图也不理解?还亏你是小说家。"她的口气多少带有几分讥讽的味儿。

意图?难道她爱上了我?但我仍装作不理解她的意思,问:"什么意图?"

"我早就爱上你了。"她大声地说。

"你……"我的内心很是激动,有女人爱上我了,我差点儿失声高叫。

"喂,怎不说话,晚上见不见面?"她又问了我一句。

"好吧,在哪儿见面?"但我还是克制着内心的狂喜,平静地问了一句。

"晚上八点,我在中山公园的门口等你。"

"我不认识你。"

"你手里拿一张《东湖日报》即可,不见不散!"

"不见不散!"

听到这个振奋人心的好消息,我再也无心改稿了。在办公室里踱着步,我笑呵呵地自言自语:"终于有女人爱上我,我走桃花运了,我走桃花运了,天上掉下一个林妹妹……"

我回到家一次又一次抬头看天,太阳就是不下山,我心里老是盼望天早点儿黑下来,这样我好跟崇拜我的女人幽会。妻子秀文见我那个样子,便问:"你今天怎么了? 有什么事儿吗?"

"没有,没有。"

晚饭时,我匆匆地吃了几口饭,便放下饭碗,对妻子说:"秀文,今晚,我要加班。"

"不会那么晚吧?"秀文看了我一眼问。

"做完就回家。"我有点儿不悦地回答她说。

一轮圆月悬挂在空中,皎洁的月光沐浴着大地,晚风还是那么烫人,但我一点儿也没感觉到热,反而觉得今晚的夜色太美丽了。我坐着三轮车来到中山公园时,我的手机响了。我以为是林妹妹打来的,打开手机一看是我弟弟夏风的电话。我接通手机,手机里传来了弟弟急促的声音:"哥哥,不好了,爸爸病倒了,快到我家来。"

"夏风,爸爸的病情严重吗?"我吃惊地问。

"他不省人事了……"夏风说完把电话挂了。

我一听到父亲忽然病倒,心如刀绞,便对三轮车夫说:"同志,把车开往解放中路,请开快一点儿。"

过了一会儿,我来到了弟弟家。爸爸睡在床上,脸色苍白,大口大口喘着气,我上前叫了几声:"爸,爸,爸……"

爸爸没有反应,我对弟弟说:"快送医院。"话音未落,一位医生就背着一个箱子进来了。他年近五十,夏风叫了他一声"陈医生"。

陈医生翻了翻爸爸的眼睛,然后给他把脉。我焦急地问:"医生,有危险吗?"

此时,我的手机响了,是林妹妹打来的,我没有接电话,过了一会儿,林妹妹又打来了。于是,我干脆把手机关了。

"没有问题,是中暑,叫他多睡一会儿就没事儿了。"陈医生

回过头对我们说。

陈医生给爸爸打了两针,没过多久,爸爸睁开了眼睛,我们叫他,他也会应我们了。爸爸渐渐地清醒过来,我们都松了一口气。我从弟弟家出来,已十一点多了,我打林妹妹的手机,她的手机关机了。

哎,我跟女人真没有缘分。爸爸今年七十四岁,之前从没有病过,他早不病,晚不病,偏偏今晚病倒。既然如此,也就算了。其实,我也该知足,秀文是一位贤妻良母。我见多了,不少男人找情人,没有几个有好结果的,多数闹得家破人亡。我回到家,秀文还没有睡着,见我回来就问:"加班加到这个时候?"

"我做了一回恶作剧,太有意思了。"我笑着对妻子说。

"什么恶作剧?"秀文看着我问。

"秀文,老实告诉你吧。下午有个叫林妹妹的打我的手机,约我会面,她说她喜欢上我。女人是祸水,我才不去,叫她在公园门口等个够吧。她打了我两次手机,我都不接。然后,我把手机关了。"我如实对妻子说,但爸爸病了的事儿我却一字不说。

"夏阳,你真是一个好丈夫,我没有看走眼,幸亏你没去。你知道吗?那个打你手机的林妹妹是我的同事,我俩说好了,互相试探对方的丈夫。她的丈夫已中我们的圈套了,而你在当今的社会,还保持如此清醒的头脑,像你这样的男人为数不多,难得,难得。这是我前生前世修来的福分!"秀文满面得意,感动得泪水也流了出来。

这么说,是我爸爸病得及时,不然,我也已落入她们的圈套……

千手观音

菜已凉了,丈夫还没有回来,秀敏打他手机,他说在路上。过了几分钟,丈夫毅强才回家。吃晚饭时,秀敏夹了一块鸡肉放在丈夫的碗里,无意中发现他脖了上那块"千手观音"玉佩不见了。秀敏吃惊地问:"你的'千手观音'哪儿去了?"

毅强把碗放在桌上,看着妻子,兴奋地说:"秀敏,我忘了告诉你。下午,公司的邢老总,把我叫到他的办公室,他一见到我那块'千手观音',叫我脱下来给他看看。邢老总是识货的,他边看边赞不绝口,爱不释手,说是一块宝玉。后来,他开口了,他说,我若把'千手观音'给他,他就把我提升为人事部的经理。那块玉虽值两万多元,可人事部经理的位子,远远超过两万多元的价值,所以我给他了。"

"邢老总不会骗你吧?"秀敏有点儿担心地说。

"应该不会,如果骗我,我们可以把它要回来。"

毅强的那块"千手观音",是祖传的,的确是一块宝玉,色泽柔美,最为重要的是,里面有一个状如"千手观音"的图像。有人曾开价两万,毅强都舍不得卖。

第二天,秀敏很早就来到办公室。正当她在打扫卫生时,谭淑贞带着一股浓浓的香水味,飘然而至。今天,淑贞穿得很是漂亮,光彩照人,但一眼映入秀敏眼帘的是她脖上的那块碧玉,她一眼就认出来,那块玉就是"千手观音",绝对是她丈夫的。秀敏立

刻停止手中的活儿,有点儿反应不过来,她丈夫不是说送给邢老总吗?怎么戴在她的脖子上?难道丈夫在骗她,他把"千手观音"送了情人,却骗她说送给了邢老总?哎,如今的社会,真是人心叵测。

秀敏尽力压住心中的怒火,仍然装出笑脸,两眼盯着谭淑贞脖子上的"千手观音",问:"淑贞,你那块玉真美,是哪儿来的?"

"不是偷的,也不是抢的。喔,你也识货。"淑贞嫣然一笑,不以为然地回答。

"这么说,那是人家送你的?"淑贞对她笑了笑,不置可否。

"这块玉,至少值两万元。"秀敏的脸色,在不断地改变,由白转青。

淑贞根本没有注意秀敏的脸色,吃惊地张开她那红红的樱桃小嘴,说:"敏姐,今天我算服了你,你太厉害了。"

"厉害的不是我,而是你。我的丈夫戴了五六年,怎么跑到你的脖子上了?"秀敏两眼圆睁,其声音虽不大,却咄咄逼人。

"什么,这是你丈夫的?"淑贞更是惊讶地问。

"你这狐狸精,一日一个新花样。大家早就知道你不是好人,你们有多长时间了?"秀敏上前一步,抓着她的手质问她。

"你别冤枉好人……"淑贞挣脱了她的手叫了一声。

"那你这块玉是从何而来的?"秀敏打断淑贞的话问。

"这你管得着吗?我干吗告诉你?"淑贞拒不解释。

秀敏看着傲慢无比的淑贞,气坏了,举起右手,想狠狠打她一耳光,但还是忍了。她恶声恶气地说:"好,我先回家找他算账,若真是那么回事,我不剥你皮才怪!"

秀敏说完匆匆回家。在回家的路上,秀敏打毅强的手机,叫他马上回家,毅强问她什么事儿,她就是不说。秀敏回家不久,毅强也回家了。毅强一进家门,看到妻子满脸怒容,便问:"你怎么了?人家可要上班。"

"你得给我老实交代,那块玉究竟给谁了?"秀敏怒不可遏,大声质问。

"昨天,我不是跟你说得明明白白么?我还以为什么事情,用得着这么生气么?"毅强听说是这事儿,有点儿生气地说。

"你还骗我,那块玉明明戴在我办公室那个狐狸精的脖子上……"秀敏再也说不下去了,呜呜地哭了起来。

此时,毅强的手机忽然响了起来。他本不想接电话,一看来电显示,是邢老总打来的,便不得不接听:"您好,邢老总……"

"毅强,恭喜你。你任人事部经理的事儿,董事会已正式通过。"邢老总对毅强说。

"邢老总,太感谢您的提拔了,我一定好好干!"毅强十分激动地说。

"毅强,你那块'千手观音',我给我的表妹了。听说你妻子误会了,你跟她说明一声。"

"邢老总,这您放心,我会告诉她的。是,是,是……"毅强唯唯诺诺回答说。

其实,淑贞并不是邢老总的表妹,那他俩是什么关系?不用我再解释,你们也清楚。

天上掉下一个儿媳妇

黄昏,我下班刚回家不久,突然,门铃响了。我打开门一看,一个亭亭玉立的姑娘站在门口。她大约二十岁,白里透红的苹果脸上的那双眼睛又黑又大,戴着一副眼镜,显得特别文静。她的身上还背着一个包。我轻声地问:"你好,你找谁?"

"您好,这是郭大龙的家吗?"姑娘的声音甜甜的。

"是的,你找他?"我回答她。

姑娘一听,脸上立即露出笑容。她这一笑,脸上那两个酒窝就更深了,美极了。此时,我的老婆彩丹也走了上来,她对彩丹笑了笑,说:"我叫黄美芹,是从重庆来的。"

"重庆?"我和彩丹异口同声地问了一句。我看看彩丹,彩丹也看了看我,不知这位漂亮的姑娘从那么远的地方来找大龙有什么事儿。

"对。大龙说他告诉了你们。"

"告诉我们什么?进屋里说。"我叫姑娘进屋。

彩丹给她倒了一杯茶,又拿出了水果、糖果。姑娘端起茶杯一饮而尽,又说:"我和大龙在网上恋爱四个多月了。我们深深地相爱,他说告诉了你们,你们都同意我们的婚事。"

我和彩丹一听都高兴极了,我们俩怎么一点儿也不知道?大龙连说一个字都没说。大龙今年二十五岁,人长得帅,可比较内向,很少跟女孩子来往。我们还操心他,想不到今天儿媳找上门来。

此时，刚好大龙回来，我高兴地对大龙说："大龙，美芹找你来了。"

大龙看了一眼坐在沙发上的美芹，不冷不热地说："什么美芹？我不认识她，你找我什么事儿？"

"什么？你不认识她？她说你们在网上谈恋爱谈了四个多月。"我十分吃惊地问大龙，彩丹更是一脸的惊讶。

"胡扯！"大龙显得有点生气，他上前问美芹："你说我跟你谈了四个多月，你搞没搞错啊？"

美芹一听，脸色立即变了。她吃惊地问："你是不是叫郭大龙？"

"没错。"

"这里是不是中山街16号？"

"没错。"

"你是不是在建设局工作？"

"没错。"

"你今年是不是二十五岁？"

"没错。"

"你说你的左脚上有一块疤，有没有？"

"没错。"

"这也没错，那也没错。这都是你告诉我的，不然，难道我自己编得出来？你无疑是存心戏弄我……"美芹再也说不下去了，流出了委屈的泪水。她擦了擦泪水又说："把你家的电脑打开。"

打开电脑，果然有大龙和美芹说的一些话，大龙更是糊涂了，对美芹说："真的不是我，难道是我妹妹恶作剧，冒充我跟你谈恋爱？"

"小凤?"小凤这个鬼女儿,很调皮,什么事儿都干,她接电话,就常常冒充她妈妈跟人家说话。她今年才十五岁,在读初中。可这又似乎不可能。但不是她,又是谁?

说曹操,曹操就到,小凤放学回来了。我厉声地叫她:"小凤,你过来。"

我指着电脑问:"这是怎么回事?你是不是冒充你哥跟美芹谈恋爱?"

小凤看了看身边陌生的姑娘,知道事情闹大了,不得不承认,低下头说:"是。"

这可把我气坏了,我举起手正要打她时,被美芹拦住了,她劝我说:"别打她,她还不太懂事。"

小凤急忙向美芹道歉说:"美芹,对不起,对不起。我是闹着玩儿的,觉得很好玩,就跟你……真想不到你会找到我家来。"

我把小凤狠狠地训了一顿,又向美芹不停地道歉。通情达理的美芹说没什么,反而说自己过于单纯,做事不够谨慎。美芹说完,就要回家。我们急忙挽留她:"美芹,天都黑下来了,明天再走吧。"

在我们热情的挽留下,美芹留了下来。因过错在我们,晚上,我们备了好酒,办了一桌丰盛的菜,对她表示歉意。在吃饭时,我看到大龙和美芹,这不是很般配的一对吗?我跟身边的彩丹耳语,彩丹十分赞成。于是,我把大龙叫了出来,小声地问:"大龙,你觉得美芹怎样?"

"她这个人很不错。"大龙如实回答我说。

"你要她吗?"

大龙微微地对我点了点头。

酒过三巡,我夹了一块肉放到美芹的碗里问:"美芹,你若是不嫌弃,嫁给大龙如何?"

美芹听到这话,看了坐在对面的大龙一眼。大龙不好意思地低下了头,那脸一下子红了起来。

美芹想了想,说:"伯父,伯母,让我考虑考虑。明天,我回答你们。"

吃完晚饭,为了让他们两个人多了解了解,我对大龙和美芹说:"大龙,你带美芹到外面去看一看,看一看咱们县城的风景。"

他们两个人欢欢喜喜走了,高高兴兴回了。第二天早晨,美芹告诉彩丹,她愿意嫁给大龙。

一个多月后,大龙和美芹举行了隆重的婚礼。不少前来祝贺的亲戚、朋友都这样问我:"咋没听说大龙有女朋友,是谁介绍的?"

我总是这样笑着回答人家:"是从天上掉下来的。"

二　嫂

吃了晚饭,二嫂匆匆地洗了碗筷,一声不响地出门了。二嫂出了门,我便尾随而去。最近几天,二嫂的行踪可疑,她的手机电话多了起来,一谈就没完没了。二嫂几次在打手机被我撞见时,便立即把手机挂了,这更引起我的怀疑。这几个晚上,二嫂每晚都出去,且回来得很晚。我怀疑二嫂跟村里永生相好,近来,永生有事儿没事儿总是到我家来找二嫂。二嫂要真是红杏出墙,我一定告诉在深圳做生意的二哥。

一轮新月在云朵里穿行,大地忽明忽暗。二嫂走进村后一片茂密的竹林里,我小心翼翼跟进了竹林里。竹林内虽暗,但还看得见人的面孔。我的猜测完全正确,永生早已等候在竹林里了。永生这人也太不是人了,他跟我二哥一起长大,是二哥很要好的朋友。去年冬天,他的父亲病了,无钱治病,我二哥还给了他一万元。真想不到他连禽兽都不如,恩将仇报。永生看见二嫂,便迎了上去,两个人紧紧地拥抱在一起来,狂吻起来。永生抱着二嫂,动情地说:"西虹,我还以为你不来了呢。"

"怎么会呢,我想你想得快疯了。"二嫂说。

又过了一会儿,他俩都脱起衣服来。我恨死了二嫂,她太贱了,我家的脸都让她丢尽了,枉我二哥对她那么好。这事儿,我一定要告诉二哥,叫他狠狠地收拾这个贱货。我能眼睁睁看他们干那勾当吗?不能,我该如何制止他俩呢?当我一筹莫展时,一道强烈的手电灯光射向那两个狗东西,紧接着传来一声大吼:"好啊,今晚,终于被我当场抓获了。"

这声音正是二哥的声音,二哥从天而降,真令我有点儿不敢相信,他是怎么知道的呢?二哥生气极了,狠狠地打了永生一拳,永生从地上拾起衣服逃走了。二嫂跪在地上,哀求着说:"春山,我错了,你原谅我吧,以后,我再也不敢了。"

二哥举起手,狠狠地打了她两个响亮的耳光,我咬牙切齿,默默地对二哥说:"二哥,你狠狠地打,打死这个贱货。"二哥气愤地说:"村里有几个人打电话告诉我,我都不太相信,想不到你真的这样对我。"

"春山,你原谅我吧,春山……"二嫂哭得很可怜,我怕二哥一时心软,会原谅她。

"我是不会原谅你的,明天离婚!"二哥说完这句话走了。

次日,二哥和二嫂离婚了。他们离婚后,二嫂再没有回我家来。而当天晚上的事儿,真把我弄糊涂了。永生到我家来,我以为他是来向我二哥认罪的,可二哥不但没有给他脸色看,还对他很热情,递烟倒茶后又给他五大沓百元钞票。永生走后,我不解地问二哥:"二哥,你给永生五万块钱干啥?"

"玉艳,他替二哥办了一件好事儿。"二哥微笑着对我说。

听到二哥这话,我真是糊涂极了,睁大眼睛问二哥:"二哥,什么好事儿?"

"女孩子,别问那么多。"二哥白了我一眼说。

那晚,我想来想去,终于想通了。二哥是一个卑鄙小人,他为了跟二嫂离婚,便用重金收买永生。二哥长年累月不回来,二嫂就很难经得住永生这个帅哥的诱惑。二嫂中了他们的圈套,成了哑巴吃黄连。想到这里,不知何故,我倒同情起二嫂来。

第三天下午,我听到一个不幸的消息,二嫂投河自杀了。

又过了三四天,永生疯了,满村子乱跑他嘴里不停地说:"我不是人,是我害了她……"

典型教材

黄昏,我下班回来,在厨房煮菜的妻了美洁,脸色显得有点儿紧张。她对我说:"贾文,乐乐上午出门,到现在还没有回来。我找了一个下午,连它的影子也没有见到,会不会被人抱走了?你到外面找找看。"

"好的,我去找找。"我丢下一句话,走出门外。

乐乐是一条狗,它全身的毛雪白、柔滑,是我去年花一千多元从省城买回来的。乐乐十分可爱,善解人意。妻子和女儿视它为宝,尤其是美洁对它更是疼爱有加,给它买最好吃的东西,常常抱着它说悄悄话,带着它逛街,到朋友、亲戚家做客。自从有了乐乐,家里的气氛显得更加有生气了。

我在家的附近,不停叫着乐乐的名字,找了一条巷又一巷,一无所获。天黑下来,我不得不回家。吃了晚饭,我和美洁又出去找乐乐,一直找到十点多钟,还是徒劳。没有乐乐,一家人都寡言少语。有一天半夜,美洁被噩梦惊醒,她说乐乐出车祸了。

五天后的一个中午,我们听到有狗在门外汪汪地叫。我们听到那熟悉的叫声,喜出望外,打开门,果真是乐乐。乐乐的身后还有一条漂亮的小母狗,那条母狗的身材比乐乐小些。除狗头的毛有几撮褐色的外,这狗的毛也洁白如雪。乐乐摇着尾巴进来了,它对我们还发出亲昵的叫声。可那条母狗不敢进来,乐乐又走到门外,温柔叫着,好像在对它说:"别怕,进来吧。"

它们进来了,美洁看着那条母狗,非常不悦地说:"乐乐,你也带一条狐狸精回来,我原以为你出车祸了,原来是给狐狸精迷住了。这世道真是变了,人如此,狗也如此。"

我知道美洁这酸溜溜的话,是冲着我来的。去年,我也曾经把一个女人带回家来,被美洁撞个正着。那件风流事儿,好不容易才被美洁"忘记"了,想不到今天美洁又触景生情。女儿丹萍走进厨房,弄来了狗食。乐乐站着不吃,让母狗先吃。那母狗也许饿坏了,狼吞虎咽起来。它吃了几口,见乐乐不吃,便抬起头来,对乐乐柔柔地叫了几声,乐乐也对它叫了几声,好像是说:"我不饿,你吃吧。"

美洁见到这个情景,嗤之以鼻地说:"呵,还真会怜香惜玉。贾文,它是不是跟你学的?"

"神经病。"我白了美洁一眼说。

"丹萍,把那条狐狸精撵出去。"美洁手指着那条母狗对女儿说。

"爸爸,它是狐狸精?"八岁的丹萍用疑惑的眼睛看着我问。

"别听她胡说八道。"

美洁在我面前,也许是故意做给我看的,想把那条母狗赶到门外。乐乐见美洁要赶走母狗,变得十分凶恶,失去了往日的温存,想跟它的主人搏斗。那条母狗不知是谁家的,一连几天都没有人前来认领。

一次,丹萍拿狗食给它们时,指着母狗问我说:"爸爸,给它取个名字吧?"

"还取什么名字,就叫狐狸精。"美洁抢着回答说。

"对,就叫晶晶。"丹萍拍着手,高兴地叫着。

晶晶对乐乐越好,美洁就越看不顺眼,处处刁难它,或骂或打。美洁每次骂晶晶,都把我扯进去,指桑骂槐。乐乐见美洁如此对待晶晶,非常不满。有一次,美洁又用脚去踢晶晶,乐乐出其不意地在美洁的脚上咬了一口,美洁的脚上顿时鲜血直流……

乐乐和晶晶形影不离,卿卿我我,我好羡慕它们。若不是因为我的过去,美洁绝不会那样对待晶晶。晶晶的真情,它对乐乐的爱,在美洁的眼里是低贱的。

一天,晶晶一病不起,乐乐急得团团转,泪水涟涟,不吃不喝。乐乐跪在美洁的面前,其意是要她抱晶晶去看兽医,美洁装作不解其意。乐乐又跑来找我,我抱着晶晶去看兽医,乐乐还跟在我的后面。晶晶被打了一针,病一天天好转。

其实,我清楚美洁的心理,她并不是真的讨厌晶晶。她的内心还是喜欢晶晶的,表面讨厌晶晶,是想借用它,把它当作一个典型的活教材,来警告我,时时给我敲警钟。可乐乐和晶晶,就无法理解美洁的用意了。

一天晚上,乐乐和晶晶出走了。我知道它们这一走,将永远也不会回来。

翡翠白菜

1803年的广州,有一家李记当铺,其生意相当不错,在广州没有人不知道的。李记当铺的老板叫李英,年近六十岁,这人十分精明,也很会做生意。

有一天中午,来了一位四十多岁的中年人。他左眼角有一颗黑痣,西装革履,头发梳得油光发亮,双手捧着用黑布包着的东西,走进了店铺。一进来他就对店里的伙计说:"喂,快叫李老板出来。"

有一位高个子的伙计,看了看他,又看了一眼用黑布包着的东西,非常礼貌地问:"先生,有什么贵重的东西?"

"少啰唆,快叫老板出来。我说了你们也做不了主。"那人不把店里的三位伙计放在眼里,有点儿高傲地说。

矮个子伙计见这个人来头不小,上前说:"先生,今天李老板刚好不在。有什么事情,我们可以做主。"

"可惜,可惜,李老板不在,我只好拿到别家当铺了。"那位当宝人说完,转身欲走。

高个子又对他说:"你究竟有什么宝贝?拿出来看一看嘛。"

那人摇了摇了头,还是不愿把东西拿出来,说:"别耽误时间吧,我急需钱用……"

矮个子伙计见是一宗大生意,哪有让他走的道理,又温和地对他说:"先生,我们三个完全可以做主,拿来吧。"

那位中年人把东西轻轻地放在柜台上,小心翼翼地把包着的布慢慢解开,解开了一重黑布,又露出一重鲜艳夺目的红丝绸。店里的几位伙计都屏住了呼吸,屋内的空气似乎凝固了。绸布解开了,一棵做工十分精细的翡翠白菜呈现在大家的面前,几位伙计都看得目瞪口呆。那位当宝人瞥了他们一眼,说:"见过吗?这棵翡翠白菜是唐朝的,虽不敢说价值连城,但至少值三千两银子。你们都是行家,我说的话不假吧?我现在急需钱用,就当五百两银子,五天后,我就回来赎回去。"

那位当宝人说完,有点儿鄙视地看了他们一眼,说:"你们真的做得了主?"

三位伙计又认真地看了看,尔后,合计了一会儿,那位高个子说:"完全可以成交,五百两就五百两!"

"不愧是李老板的人,算你们有眼光!"那位当宝人夸了他们一句。

当宝人走后,当铺里的三位伙计又想欣赏欣赏这棵翡翠白菜。他们在仔细欣赏时,突然,矮个子失声惊叫起来:"坏了,这是假的。"

经矮个子指点,另两位也认为这棵翡翠白菜是假的。这回,他们的面色大变,五百两银子可是一个大数目,该如何是好?他们实在想不出办法,觉得这次死定了。

黄昏,李英回来了。他一踏进店铺,三位伙计便扑通一声都跪在他的面前。高个子向他说明了情况,李英非常宽容,叫他们都起来,并叫他们拿出那棵翡翠白菜。李英接过翡翠白菜一看,微微地皱了一下眉头,继而,哈哈大笑,说:"这是真的,谁说是假的?太美了!太美了!你们可为我做了一宗大生意,我从来没有见过这么美的东西。"

矮个子有点儿不敢相信,胆怯地问:"老板,真的不会假?"

"邓五,才当五百两?"李英答非所问。

"是。"矮个子邓五小声地回答说。

李英兴奋地冲着楼上大叫:"小春,小春,你快给我下来,我让你大饱眼福。"

不一会儿,从楼上走下一位如花似玉的姑娘。小春是李英的六姨太太,是他最宠爱的一位小女人。小春看着翡翠白菜,娇滴滴地问:"是不是想把它送给我?"

"哎哟,我的小宝贝,你真是要我的命。"李英叫了一声,装出一面苦脸。

"我可不要你的老命,我要的是这棵'白菜'。"小春白了李英一眼说。

"行,行。人家要是不赎回去就送给你。"李英还是有点儿无可奈何,答应她说。

"你说话可要算数,不然,我永远也不理你!"小春说。

"邓五,我要好好地庆贺一下,明天中午在家摆席十桌,邀请那些亲朋好友前来欣赏翡翠白菜。"李英郑重地吩咐邓五。

"好,好,我这就去办。"邓五脸上有了笑容,高兴地回答。

次日中午,李宅大院张灯结彩,喜气洋洋,来了近百位在商界颇有名气的人物,这些人为一睹价值不菲的翡翠白菜,情绪一直很高涨。酒过三巡,人们纷纷要求李英拿出翡翠白菜,希望一睹其风采。李英叫身边的六姨太太把翡翠白菜拿来。小春含笑上楼了,大家的目光都集中在她的身上。不一会儿,她双手捧着闪闪发光的翡翠白菜出现了。霎时,嘈杂的大厅一下子肃静下来。小春微笑着注视着大家,缓缓而下。突然,她一脚踩空,在人们的惊叫声中,连人和那棵翡翠白菜摔了下来。

那棵翡翠白菜被摔成了碎片,碎得满地都是。李英见状,身体摇晃了几下,若不是有人扶着他,必定倒在地上。李英定了定神,走上前狠狠地打了小春两个耳光。他实在太生气了,以前,他连骂也不敢骂她,对她百依百顺。因翡翠白菜被小春摔了,大家不欢而散。

这事儿一传十,十传百,很快就传遍了广州城。到了第五天,那个来当翡翠白菜的又走进了李记当铺。他一进来,就把银票拍在柜台上,说:"伙计,我要赎回翡翠白菜。"

店里的几位伙计一看到他来赎回翡翠白菜,个个吓得脸色苍白,连话也说不出。那位赎宝人见状,更是大叫一声:"快叫你们的老板出来!"

此时,李英从楼上下来,看了看赎宝人,问:"什么人在这儿大呼大叫?"

"是我,我要赎回那棵翡翠白菜。"赎宝人对李英不屑一顾地说。

李英来到柜台,问:"银票带够了吗?"

"你数一数吧。不够,我这儿还有。"赎宝人目中无人地说。

李英数了一下,对着楼上响亮地拍了三下巴掌。掌声刚落,只见小春又捧着那棵翡翠白菜下来了,这可把那个赎宝人和几位伙计看傻了眼。她把翡翠白菜放在柜台上,李英拉开抽屉,把银票扔进抽屉,对他淡淡地说:"抱回去慢慢欣赏吧。"

赎宝人惊问:"不是说摔碎了吗?"

"被摔碎的是花十来两银子买的,跟你这棵一样。"李英懒得理他,边上楼边说。

五天前,李英一看到那翡翠白菜就知道店员被他骗了,为了挽回巨大的损失,只好以假当真,导演了一场十分精彩的"假摔翡翠白菜"。

金蝉脱壳

春节期间,玉娟到北京玩了几天,今天她满脸笑容地回来了。她打开门,看见一个二十五六岁的姑娘在她家中,长得十分迷人。那人见到玉娟,便微笑地问她:"你找谁?"

"我找谁?这是我的家。"玉娟看着她,有点儿迷惑地说。

"你会不会搞错,这是你的家?"站在面前的她,一脸惊讶。

玉娟以为自己真的走错了门,环顾了大厅一眼,证实自己没有入错门,便问:"你是谁?怎么到我家来了?"

"啊,我的天!我给他骗了,这个雷打的家伙,我要找他算账。"霎时,她变得满脸怒气,气愤地说。

"你让谁骗了?"玉娟见她这么生气,便问她。

"他骗我说他离了婚,就把我带到这里来……"她再也说不下去,转过身呜呜地哭了起来。

玉娟一听到这话,怒从心起。想不到那么老实的丈夫,趁她旅游,就把女人带到家里来。这么说,老公早有此意,原本她是不出去旅游的,老公老是劝她到外面走走,说别老待在家里。这样看来,老公的这番好意是假的。玉娟看到面前哭泣的姑娘,便大喝一声:"给我滚!"

那位姑娘连看都不敢看玉娟一眼,夺门而出。

玉娟立即打老公的手机,叫他马上回家。她越想越气,把啤酒瓶、茶杯、花瓶摔得满地都是碎片,然后倒在床上,伤心地哭了。

玉娟的老公一踏进家门,看到满地都是碎玻璃,内心颇为紧张,不知发生了什么事儿,便叫了起来:"玉娟,玉娟……"

玉娟满脸泪水地从卧室走了出来,她看到老公就咬牙切齿。玉娟的丈夫见她这个样子,纳闷儿地问:"玉娟,发生什么事儿了?"

"罗剑平,你问你自己,你这个没良心的东西。"玉娟两眼圆睁,发射出愤怒的目光,一步步地向他逼近,剑平从来没见过温柔的妻子这样生气过。

剑平见妻子这副样子,倒害怕起来,一步一步地后退,又问:"玉娟,究竟发生了什么事儿?"

"你老实交代,你们有多长时间了?"

"什么你们?"剑平给弄糊涂了。

玉娟再也忍不住了,狠狠地打了丈夫一个耳光,说:"你还想装糊涂!"

"你发什么神经?"剑平大声质问玉娟。

"好,好,你是不会说的,那我走,我成全你们。"玉娟说完走进卧室收拾衣服什么的,准备离开这个家。

"要走可以,可得把话说清楚。"剑平的声音也大了。

"还有什么可说的?"玉娟边收衣服边说。

"你把我的首饰都拿给那个狐狸精了?我跟你没完。"玉娟向他奔来,想跟丈夫拼命。

"今天你是中了哪门邪！我怎么知道你的首饰放在哪里？"剑平大喝一声,把玉娟给震醒了,她呆呆地站着。

"她,她难道是一个贼？我中了她的计了。"玉娟如梦初醒,自言自语地说。

玉娟夫妻拉开抽屉(锁已被打开了),一万三千多元现金也被盗走了。

泥人章轶事

人们只知道天津有泥人张,很少有人知道南方某个县城也有"泥人章"。提起南方的泥人章,也有很多鲜为人知的精彩故事。据说很早以前,泥人张和泥人章是同胞兄弟,因为战乱,泥人张逃到北方的天津,泥人章来到南方的小县城。天津毕竟是大城市,所以泥人张很容易出名。而在南方小县城的泥人章就不同了,但泥人章的手艺绝不比泥人张差。泥人章捏什么像什么,捏谁像谁,触手成像,技艺高深,形成了独特的风格。他这一绝活儿在小县城里轰动了,每天他的家里都门庭若市。

1942年春,日寇进犯南方这个小县城,大肆掠夺,使百姓过上了苦日子。一天,日本的独眼司令龟田听说了泥人章,就带了一小队人马来到泥人章家。在天津时,独眼司令还不是独眼,他逼过泥人张捏过像,视那尊泥像为宝贝,至今还保留着。

独眼司令在泥人章的家里看了看,那些泥人栩栩如生,活灵活现,有的泥人捏得叫人捧腹。后来他又看了看六十有余的泥人章,伸出大拇指说:"你的,大大的好,技艺实在是高……"

泥人章在默默地和着泥土,他在心里思忖着,独眼龟田来干吗?来者不善,善者不来。独眼司令十恶不赦,这在县城里无人不知,无人不晓,人们都叫他"独眼魔鬼"。"独眼魔鬼"那只左眼就是在去年的一场战争中,被八路军炸瞎的。

龟田司令还会讲一口流利的汉语,他对泥人章说:"泥人章,帮我捏一个泥人像。捏得好,大大的有赏;捏得不好,杀头!"龟田司令做了个往下一劈的手势说。

泥人章看了看独眼司令,并没有被他的淫威所吓倒,想了想,对他提议说:"还是捏侧面吧。"

"不,不!就捏正面!"独眼司令摇着手说。

这正面如何捏?没有左眼,他肯定不会喜欢,我必定被杀头。泥人章考虑了一会儿,拿来一副墨镜,又对他说:"那你戴上墨镜吧!"

"不,不!我从来不戴墨镜!"独眼司令显得很生气,呱呱地大叫。

围观的人越来越多,大家都为泥人章捏一把汗。独眼司令见泥人章迟迟没有动手,就知道他无法捏了。于是,他非常傲慢地说:"人家都说泥人章是一个神,再丑的人也能捏得美。今天怎么捏不出来?我有言在先,别说我不客气,捏不出来就杀头!"

独眼司令说完,仰天狂笑,他那充满着鄙视意味的狂笑声,响彻县城的上空,笑得在场的人毛骨悚然,不少胆小的人都悄悄地离开了。笑毕,独眼司令对手下人说:"把他带走!"

"慢!"泥人章对他们大喝一声。

顷刻,泥人章把独眼司令的像捏好了,并要把手中的泥人送

给独眼司令。龟田接过泥人一看,大吃一惊。刚才,他那狂笑的样子被泥人章捏得惟妙惟肖。因为狂笑,他的双眼都闭上了,根本就看不出他是一个独眼。泥人章虽为他遮去了丑陋的容颜,却暴露了他的凶狠与残暴,他的没有人性!独眼司令转怒为喜,又伸出大拇指,不得不夸奖他说:"高,高,实在是高。大大的有赏。"

独眼司令拿了不少钱给泥人章,然后高兴地捧着泥人像回司令部了。泥人章把独眼司令的钱全烧了,他的脸上露出了一丝甚为得意的笑。

晚上,独眼司令又拿出那个泥人像欣赏。他左看右看,前看后看,才发现背面有两行小字,那两行小字,小得看不见。他拿来放大镜一看,气得七窍生烟,随即把泥人像摔得粉碎。泥人章在背面刻上的两行小字是:

独眼魔妖　今天狂笑

再不悔悟　明日惨叫

"独眼魔鬼"立即带一队人马来到泥人章家,可泥人章的家空空如也,哪儿有人影?从此,就再也没有泥人章的消息了。

在公交车上

黄昏,有一辆公交车在这座滨海城市穿梭。跑了一天的公交车似乎有些疲惫了,徐徐地在一个车站停下,从车上走下三四个人,又从车下上了七八个人,在上车的七八个人中,有一位七十有余、头发斑白的老大娘。这辆公交车原本就拥挤,现在,显得更加拥挤。售票员看了一眼前排的年轻人,意思是要他起来给那位老大娘让座。那个年轻人视而不见,售票员不得不开口对他说:"靓仔,把位让给老人。"

"那么多人干吗要我让位?"那个年轻人十分不满,大言不惭地反问。

此时,在年轻人后两排的一位戴着眼镜的中年人立即站了起来,非常礼貌地对老人说:"大婶,您坐我这儿吧。"

"谢谢,谢谢。"那位老人非常感激地说。

过了十多分钟,公交车又在一个站停下,又下去了几个人,又多上来了几个人。前排的那个年轻人,一见到上来一位四十多岁的中年人,立即站了起来,笑容满面地说:"蔡局长,您坐我这儿吧。蔡局长,您怎么也坐公交车?"

蔡局长坐在椅子上,说:"我的车坏了……"

"阿龙,阿龙……"后排的老大娘看见儿子,大声地叫了起来。

蔡局长听到母亲的声音,急忙回过头来。他看到母亲,便离开座位,来到母亲的身边,甜甜地叫了一声:"妈,您不是说明天才回家吗?姐姐的身体怎样?"

"你姐姐没事儿了。"那位老大娘回答儿子。

老大娘看了看前面的那个年轻人,手指着他,大声地问:"阿龙,他是你局里的?"

"嗯。"蔡局长向母亲点了一下头说。

"他很懂得尊重领导。"蔡局长的母亲用讥讽的口气对儿子说了一句。

蔡局长不清楚母亲的意思,满意地回答:"是很不错。"

"但不懂得尊重领导的母亲!"蔡局长的母亲又冒出一句。

此时,公交车里爆发出一阵哄笑声,那个年轻人满面通红,羞得无地自容。车又到站了,车还未停稳,他便急忙跳下了车……

绝　招

天亮了,太阳还没有出来。张老汉穿着一身很不像样的衣服进县城,找县长告状。昨天,村里有人听说张老汉要进城找县长告状,就劝他,别去找县长,县长不是那么容易找的,别说见县长,怕连县政府的大门也不让你进去。张老汉铁了心,说找不到县长绝不回村。

张文老汉为何找县长告状呢?原来是这么回事,张老汉的孙子和村主任的孙子打架,张老汉的孙子把村主任的孙子打出了鼻血。村主任的两个儿子知道后,把张老汉的儿子毒打了一顿,张老汉的儿子被人送到县城的医院抢救,住院八天,花费两千七百多元,张老汉几次找村主任论理,要他们出住院费,他们扬言一分也不出,说有本事就去告他们。村里人都说村主任太过分了,但又有什么办法呢?镇派出所所长是村主任的女婿,张老汉找过派出所所长,所长不但不理,还把张老汉训了一顿。张老汉又找徐镇长,徐镇长也不予理睬。

张老汉走后,村里人都在议论这个事儿。他能不能找到县长?就是找到县长,县长又会如何答复呢?张老汉能告倒这个蛮不讲理的村主任吗?村里人都不太相信张老汉能告倒村主任,张老汉肯定是白跑一趟。

黄昏,一辆小车开进了村子,张老汉坐小车回来了。张老汉刚刚下车,村里人就涌了过来。人们围着张老汉七嘴八舌地问,问他找到了县长没有。张老汉看到村里人那一双双急切的眼睛,说:"我找到刘县长了,刘县长真是一个大好人。刚才那辆小车,就是刘县长的,刘县长叫他的司机送我回家。"

"文叔,你真的找到县长了?"有一个村民有点儿不相信地问张老汉。

"我张文什么时候骗过大家?哦,刘县长还送我一包烟。"张老汉边说边从衣袋里掏出一包中华香烟。他把香烟举得高高的,香烟在金灿灿的夕阳的照射下闪闪发光。这回,大家看到中华香烟,都相信了。

"文伯,刘县长怎么说?"又有一村民问张老汉。

张老汉一边给大家发烟,一边激动地说:"刘县长听后非常生气,他拍着桌子说,真是无法无天。刘县长叫我尽管放心,他答应我,过两天他就来处理这件事儿,他一定要给我一个满意的答复。刘县长还说,他要处理一些人呢!"

"文伯,你不是在说大话吧?刘县长真是这么说的?"村里的一位老师大声地问张老汉。

"哎呀,刘县长都送我烟了,这话还有假?你们一定不相信,中午,刘县长还请我到食堂里吃饭呢!"张老汉有点儿急了,看着那位老师又问:"刘县长的烟怎样,不会是假烟吧?"

"这烟太香了,香死人了,今天,我抽到县长的烟了!"那位老师品着烟说。

张文老汉对大家所说的话,很快就被人传给了村主任。村主任是亲眼见到张老汉坐小车回村子的,又见人那么说,真的急了。

他急忙打女婿的手机,把这一情况全告诉了他。他的女婿听到这一情况,就埋怨岳父,说他不该这样做。他当这个派出所所长是很不容易的,这回怕是完了。最后,两人达成共识:在县长到来之前把这件事处理好。

当晚,派出所所长满脸堆笑地来到张老汉家。这回张老汉懒得理他,所长老是向他赔不是,说他们错了,愿意拿出3000元赔他儿子的住院费。所长说了不少好话,张老汉才接过他的钱,并在协议上签了名。最后,所长要张老汉把处理结果告诉刘县长。

所长把事情办妥后,压在心上的一块大石头落地了。他来到岳父家,村主任在看电视。村主任见女婿回来,就急着问:"怎么样?他肯接受吗?"

"办好了,办好了。他要是不接受,我这个派出所所长就难保了。"女婿如释重负地说。

忽然,村主任叫了一声:"啊!你看,市委市政府在开两会,那个坐在主席台上的不是刘县长吗?今天,他哪能见到县长?咱们都被他耍了。"

村主任越说越气,他走出屋外,说:"我到他家里去,把钱拿回来!"

所长追了出来,拉住岳父说:"爸,算了,算了。能给他出这一招的人,也绝对不是一个简单的人。"

在女婿的劝说下,村主任只好回来。村主任他们又不敢把真相说出去,只好把打断的牙齿往肚子里吞。

教张老汉出这一绝招的是谁呢?就是村里那位老师,他很为张老汉抱不平。张老汉买了一包烟,又请了一辆车,总共花了不到一百元,就打了一个漂亮仗!

告　状

　　十点多钟,梁山老汉就来到县政府,说要找江县长告状。可江县长这几天到省城开会去了,后天才回来。人家问他找县长告什么状,梁山老汉说,对你们说了也没有用,只有县长才能解决。他说后天再找县长告状。

　　七十三岁的梁老汉,个子矮小,皮肤被太阳晒得黑黑的,可他身体结实,步履矫健。梁老汉来找县长告谁的状呢?原来是这样的:一个月前,土坑乡乡长卢风的弟弟卢雷带了五个人,到梁山老汉的鱼塘钓鱼,被梁老汉的儿子发现。梁老汉的儿子知道来人是卢乡长的弟弟,便好言好语地劝说,希望他们别在他的鱼塘里钓鱼,他们不但不听,反而把他毒打了一顿。梁老汉的儿子因伤势严重,被送进县城的医院,住了十几天的医院,花了二千四百多元。梁老汉因这事儿,找了乡政府几次,也找了卢风乡长,他们都不理不睬。梁老汉原本想,只要他们赔个不是也就算了。想不到他们根本就不把他放在眼里,还说有本事告到县长、市长那儿也不怕。梁老汉咽不下这口气,为了讨个公道,他真的告到县长这儿来了。

　　梁老汉来到十字路口,他不清楚红绿灯的走法,亮红灯时,他照样过马路,被一辆小车撞倒了,当即不省人事。开车的立即打开门来,把梁老汉抱进车里,直奔医院而去。未到医院,梁老汉却醒来了。开车的中年人见他醒了,用手擦了一下额上的汗水,说:

"大伯,真对不起,我送你到医院检查检查。你现在感觉怎样?"

"没事儿,不用去医院。"梁老汉非常清醒地说。

"老伯,医院就快到了,还是进去查一查吧?"

"当时,我一看到你的车,就瘫倒了。"梁老汉心有余悸地说。

"你真的没儿事?"

"没事儿。"

金海听他这么说,喘了一口气,心想:幸好碰上了老实人,要不就麻烦了。

"老伯,没事儿就更好,若有什么事儿,你打电话找我,我姓王名金海。"金海递了一张名片给梁老汉,又看着梁老汉问:"老伯,你是哪里人?我送你回家。"

"我是土坑乡的。"

"你来县城有什么事儿?"金海递一支香烟给梁老汉说。

梁老汉接过香烟,看了看面前的金海,梁老汉觉得他诚实,便说:"来找县长告状。"

"告状?告什么状?"金海回过头看着面前这位乡下老人问。

梁老汉越说越伤心,当他把事情诉完时,泪水已流满他的老脸,最后,由于过度伤心与委屈,梁老汉竟失声痛哭起来。金海越听越气,右手狠狠地擂了一下方向盘,说:"真是无法无天,老伯,你别伤心,这口气我帮你出!"

该如何帮梁老汉出这口气呢?金海把小车停放在路边,又点燃了一支香烟,慢慢地思索起来。忽然,金海问梁老汉:"大伯,你有那个卢风乡长的手机号吗?"

"有,因这事儿,我打电话找了他好几次。我告诉你他的手机号码。"

金海深深地吸了一口烟,又从口里吐出一团团烟雾,然后打卢乡长的手机。金海边按手机号码边对梁老汉说:"大伯,你别出声。"卢乡长的手机接通了,金海装成领导的官腔,大声直呼其名:"你是卢风吗?"

"我是卢风,你是哪位?"卢风的口气放得很低,他一听这声音,感觉不是一般的人物。

"我是谁?我是市政府的万里!"

"哎呀,您是万市长。万市长,您好,您好!您有什么吩咐?"

"你乡里的一位老汉,告状告到我这里来,告你弟弟几个殴打他的儿子,还告你……"

"万市长,这事儿我不太清楚……"

"真的不太清楚?!他打了几次电话给你,你是如何答复的?在你心目中还没有老百姓?还有没有党纪国法?你还想不想当乡长?"金海对着手机大发雷霆,那吼声震得车玻璃砰砰地响。

"万市长,您息怒。我马上带弟弟到他家赔礼道歉。"

"要不要赔礼道歉,你自己想清楚,我的脾气,相信你是有所了解的。"金海说完,把电话挂了。

金海把梁老汉送到家门口时,他的儿子出来迎接父亲,说:"爹,乡长和他的弟弟刚刚才走,他们诚恳地向我承认了过错,并送来了五千元。他们说这五千元,除了医药费,剩下的补我的误工费和营养费。爹,幸好你今天去找县长,不然……"

梁老汉和金海对视了一眼,笑了。

匿名电话

一个临下班的下午,翁明和情人刚通完电话,他的手机又响了。他接通电话,电话里传来了一个陌生人的声音:"喂,你是翁明吗?"

"你好,我就是……"翁明非常礼貌地说。

"说话方便吗?"陌生人打断他的话问。翁明一听到这话,知道他有重要事情找他,于是,对他说:"方便,你是……"

"你别管我是谁,你有几张相片在我的手里,不知你是否要拿回去。"那陌生人的声音,在翁明听来不那么友善。

"什么相片?"翁明有点儿不在意地问。

"还有什么相片,不就是你跟别的女人约会的相片。如果想要,马上过来拿回去。如果不要,我寄给你的领导和妻子。"听那陌生人的口气,似乎有点儿不耐烦。

翁明一听到这话,脸色立即变得青白,但他的嘴还硬,试探着说:"你是不是吃错药了?找错人了吧?"

"既然你这么说,行,行,就算我吃错药了,翁明,你别怪我不给你面子。"那人说完把手机挂了。

翁明的额上冒出了密密麻麻的汗珠,他有点儿害怕。现在是他的关键时刻,他刚从副科提升为正科,前两天才公示,如果相片落到领导的手里,后果不堪设想,千万不能在这个时候出问题;若是落到妻子的手里,也是麻烦,最近,他发觉妻子在注意他。于是,翁明立即回拨电话,电话通了,可那人就是不接。他一连拨了三个电话,那人都不接,这可急坏了翁明。翁明第四次拨通那人的电话时,那人才接通电话,没好气地问:"翁明,你还打什么电话?不要就算了。"

"大哥,对不起,对不起。我要,我要,你在哪儿?"翁明向他道歉说。

"那你拿八千元来,我在中山公园的门口等你。超过半小时,我就走人。"那人说完就把手机挂了。

翁明想跟那人商量,把钱说少一点儿,可再打那人手机那人就是不接。他身上没那么多钱,便急忙到银行取钱。可银行的人太多了,翁明排着队心急如焚。好不容易,翁明才取到钱,然后风风火火地赶到中山公园门口。他左看右看,哪儿有什么人?翁明赶忙打那人的手机,那人的手机却关机了。此时,翁明像热锅上的蚂蚁,在公园门口急得团团转,不停地打那人的手机,可那人的手机一直关机。

夕阳西下,夜幕降临,翁明不得不回家。他刚踏进门槛,他的妻子就对他大喝一声:"姓翁的,你给我跪下!"

这突如其来的吼声,如晴天霹雳,把毫无思想准备的翁明吓坏了。他双脚一软,自然而然地跪在地上。此时,他还有什么话可说?只好低下头,听凭妻子发落了。他的妻子愤愤地骂道:"翁明啊翁明,现在,你还敢嘴硬吗?我早就知道你对我不忠,你太令我失望了!"

"我错了,你原谅我吧,今后,我再也不敢了。你把相片还我。"翁明仍低着头,道着歉。

"相片?什么相片?"妻子看着跪在面前的丈夫,微微地冷笑一下,伸手按了一下身边的复读机,复读机将他跟那个陌生男人

的对话一句不差地说了出来。翁明抬起头,吃惊地看着满面得意的妻子,此时,他才知道中了妻子的圈套。

翁明的妻子怀疑丈夫,便用了一计。她请表弟出面,用电话一试探,翁明果然中计。

乞 丐

黄昏,北风呼呼地叫,天越来越冷。我从菜市场买菜出来,一阵冷风吹来,我打了一个冷战。我没走多远,便看见一位截去双腿的女乞丐,她大约二十岁,消瘦得很,穿着单薄的衣衫。也许是因为经受了过多不该有的痛苦与折磨,她年纪轻轻就已有白头发。她坐在一张旧轮椅上,缓缓前行,沿路乞讨。人们见到她这种状态,实在可怜,纷纷把钱丢在她挂在轮椅上的一个小篮子里。我也动了恻隐之心,丢了两块钱给她。

北风渐渐地大了起来,天好像有意要捉弄这位女乞丐,把她篮子里的纸币吹了出来。一张一元的纸币被吹出来,落在地上,又被风吹出十多米远。一位十分可爱的小女孩跟着纸币猛跑,她拾起钱,奔跑着来到乞丐面前,把钱放在她的小篮子里,甜甜地说:"阿姨,这是你被风刮走的钱。"

乞丐用感激的眼光看了一眼漂亮的小姑娘,说:"谢谢!"

一阵大风刮来,又有一张一元的纸币被风从小篮子里吹了出来。一位年近七十、长满胡子的老乞丐,满身脏兮兮的,他的右手里拿着一沓讨来的纸币。他见到那被风吹得乱飞的纸币,急急地追上去,他的速度很快,完全不像那么大年纪的人。人们见到那位老乞丐去追纸币,都十分不满。大家都认为老乞丐不应拾女乞丐的钱,失去双腿的她,是多么可怜。我快步上前,想对老乞丐说你不能拿她的钱。

令人意想不到的是,老乞丐拾起地上的钱,又快步追上轮椅,把她的一元钱放在她的小篮子里。更令人意想不到的是,他又把右手拿着的一沓钱放进她的小篮子里,同时,又在路边拾起一块小石头,压住篮子里的钱。他那几个连续的动作虽然那么笨拙,却显得那么优美。此时,旁观者由不满转变为惊喜,想不到老乞丐将辛辛苦苦讨来的钱全部给了她。

她先是惊呆了,当她清醒过来时,她拿起小篮子里的钱,说:"大叔,我不能要您的钱……"

那位老乞丐已扬长而去。

路人都在赞美老乞丐,我看着老乞丐远去的背影,内心百感交集。北风打在我的脸上,一阵紧过一阵,可我一点儿也感觉不到冷。

收获反面

于飞的头脑灵活、聪明,这是同事们所公认的。可这次,他却做了一件令人匪夷所思的事情。于飞的儿子于鸣,跟我的儿子刚好是同班同学,于鸣还经常到我的家来。于鸣的成绩,我是很清楚的,我不是贬低于飞的儿子,于鸣的成绩实在太差了。今年,于

飞不顾大家的反对，硬是把儿子送进了贵族学校读高中。说句实在话，像于鸣那样的成绩，不管进什么学校，也是提高不了，那昂贵的学费，肯定是扔进了水里。再说，于飞夫妻都是工薪族，把一个儿子送进贵族学校，可不是容易的事情。三年时间，于飞夫妻省吃俭用，烟茶酒全戒了，还到处借钱，欠了一屁股的债。他们为了儿子，活得很艰难。

　　三年时间过去了，在人们的意料之中，于飞的儿子高考考得很差，连三本也没有考上。儿子没有考上大学，于飞一点儿也不伤心。一次，我看他的心情很好，就问他，儿子干什么去了？他说打工去了。我又问他，花那么多钱，连大学也考不上，不后悔吗？他笑了笑说，人生要懂得舍与得的哲理，只有舍才有得。我也笑着反问他，你舍去了那么多，可没得到啥啊！于飞笑着说，一些事情，不是现在付出了，就能马上收获，有的要经过若干年后才能见效。我也笑着回答，那我拭目以待。

　　一年后，于飞拿一万元钱还我。我对他说，我的钱不急，你先还别人吧。他说都还得差不多了。我有点儿不相信，他借了人家那么多钱，一年的时间就还得差不多了？肯定是在骗我，准是找别人借钱来还我的。我问他，这钱跟谁借的？于飞说是儿子拿回来的。我再问他，你的儿子在做什么？他说跟儿子的同学做事。不久，于飞又抽起烟、喝起酒来了，还多次请同事们喝酒。

　　又过了两年，于飞开起了名牌小车。更令我们难以置信的是，有一天，于飞拿着一大沓请柬到办公室来，说他的儿子要结婚了，婚宴设在全市最高档的五星级宾馆。婚礼办得特别隆重，也来了很多人。他的儿子跟一个大富商的女儿结婚，大富商的女儿就是他儿子的同班同学。婚宴的宴席上摆满了山珍海味，可我却吃之无味。我真的有点儿想不通，我的儿子是上了名牌大学的，每月只有三四千元的工资,还有不少人连工作也找不到。

为了解开答案,一天,在办公室里,闲来无事,我就问于飞:"于飞,以前问你,你总是不回答,今天,你能回答我吗?几年前,你为何把儿子送进了贵族学校?"

这次,于飞没有拒绝。他端起茶杯,喝了一口茶,还微微地叹了一声,说:"我那样做实在是逼不得已啊!只是去搏一搏。人家把孩子送进贵族学校,是希望孩子学得更好,考上理想的大学,他们收获的是正面;我把儿子送进贵族学校,不是想收获正面,而是想收获反面。"

"收获反面?"我看着于飞不解地问了一句。

"对,收获反面。"于飞回答了一句,接着又说,"我知道孩子读书没有希望,但我对他并没有完全放弃。众所周知,在贵族学校里上学的不是当官的子弟,就是经商的孩子,总之就是有钱人的孩子!我的儿子不傻,在那几年中,肯定会结识一些同学。当时,我想,也许这些同学就能改变儿子的命运。所以,我就咬紧牙关,把儿子送进贵族学校。我所要收获的就是这个反面,这步棋,我走得很险。当时你们问我,我怎么敢告诉你们呢?呵呵,真想不到,让我如愿以偿。儿子出来,就被他的女同学叫去帮忙了,后来,她就嫁给了我的儿子。"

我听完于飞的话,默默地点了点头,虽有点儿不切实际,但细想也不无道理。从此,我就更服于飞了。

目 光

　　中午,我走进了一家东北饺子馆,这家的饺子,很合我的口味。我走进饺子馆,看到来这里吃饺子的人很多。我坐在一对青年男女的对面,点了饺子,不久,服务员送来了一盘热气腾腾的饺子。我嘴里嚼着饺子,看见一位矮小的中年人走了进来。他站在门口,用眼睛扫了一下,然后把目光落在我身边的空位上。他来到我的身边,坐了下来,拿起桌子上的菜谱,翻看着。此时,对面的一对男女吃饱了,男的对女的说:"走吧。"

　　他俩站了起来,拿起东西就走了。坐在我身边的矮男子看了他们一眼,然后把眼光落在那两盘饺子上,男的吃剩三分之一,女的吃剩三分之二。此时,一位服务员走了过来,意思是问我身边的那个矮男子想吃点儿什么。我身边的那位男子放下菜谱,把那对男女吃剩的饺子拿到自己的面前,把那盘少的饺子倒进了那盘多的饺子里。服务员微笑着对他说:"大哥,让我来收拾吧。"

　　那位男子没有回答她,抓起醋瓶往饺子上倒了一点儿醋,又伸手拿了一双筷子,就吃了起来。他的举动让我感到吃惊,我夹起的饺子掉了下来。他的行为,不仅仅让我吃惊,在座看到的都感到吃惊。有人还投来了鄙视的目光,有人在耻笑他,更多的是窃窃私语。我重新看了他一眼,他眉清目秀,表情淡然。他不理我,仍是一口一个饺子,口里还发出啧啧的响声,好像吃得津津有味。我想,他是不是碰上了什么困难?我很想叫一盘饺子请他,可我又叫不出声来。我吃得很慢,也感到吃得索然无味。盘子还有四五个饺子,我也不想吃了,便放下了筷子。

身边的那位男子吃得很快,把盘里的饺子吃了个精光。他站起来走了,大家的目光都落在他的背上,有一个美女还大声笑了出来,如此看来,她好像忍了很久。他在一个捐款箱前停了下来,这是为残疾人捐款的箱子。他掏出钱包,拿出了几张百元的票子,投进了捐款箱。他的这一举动,又让所有人感到吃惊,有的看得叫出了声音。在这一瞬间,我热泪盈眶。他若无其事拉开门走了出去,他那矮小的个子,在我的眼里,一下子变得那么伟岸!此时,很多人都站了起来,我也站了起来,大家用敬重的目光送他。我慢慢地坐回椅子,再次拿起筷子,把那四五个本想不要的饺子一个个地吃掉。

我吃完了,离开座位,看到离开的食客们的盘子都是空的。

隐 瞒

中午时分,忽然,一辆宝马停在我的铺门口,下来一位四十多岁的贵妇人。这人我认识,住在我的楼上,叫尚海英。海英一进来就对我说:"老王,我想为我妈镶一口牙,好的牙多少钱?差的又是多少?"

"海英,好的牙有五千多,也有六千多的,那差的一两百元。"我回答海英说。

"老王,你看这样行吗?我想给我妈镶一两百元的,你当她

的面说是五千多元的。"海英对我说。

我看了看海英，非常不解地问："海英，你家有的是钱，干吗这样做？"

"老王，你又不是不知道，我妈已六十多岁了，镶那么好的牙干吗？说不定，镶上不几天她就……"

海英后面的话没有说出来，但我知道她后面想说的是什么话。我用有点儿鄙视的眼光看了她一眼，很不情愿地说："好吧！"

"老王，就这么说，咱们是好邻居，你可得替我隐瞒。下午，我带她来做牙模。"海英说完就走了。

海英走了不久，住在我楼下的夏玉莹骑着一辆单车来了。玉莹笑着问我说："王医生，我想为我妈镶一口牙。我妈这人真是的，怎么叫她，她都不来。好的牙多少钱？差的又是多少钱？"

我看了看玉莹，心想你也和海英一样？但我转念一想，玉莹一家不容易，夫妻都是小学教师，两个儿子都在读大学。于是，我还是很和气地说："夏老师，好的五千多元，差的一百来元。"

"王医生，妈为我们操劳了一辈子，每次看到她吃东西，我的心里都很不是滋味。你帮我镶一口最好的牙给她吧，我妈很心疼钱，你得跟她说是一百来元的，要不，她肯定不镶。"玉莹十分认真地对我说。

我听到玉莹这话，内心很是感动，但故意用海英的话对她说："夏老师，你妈不都七十多岁了吗？镶那么好的干吗？说不定，镶上不几天她就……"

玉莹用惊讶的目光看着我，不满地说："王医生，你怎么说这话？"

我知道我说错了，带着歉意对她说："夏老师，我是跟你开玩笑的。"

玉莹走时,又郑重对我说:"王医生,这事儿就拜托你了,千万别让我妈知道。她要是知道了,是不会来的。"

真是无巧不成书。几天后,尚海英带着妈妈来了,夏玉莹也带着妈妈来了。我称尚海英的妈妈为"尚妈妈",称夏玉莹的妈妈为"夏妈妈"。因为住同一栋楼,彼此都认识。尚妈妈问夏妈妈:"大姐,你镶多少钱的牙?"

"我本来不想镶牙,都七十多了,还镶什么牙,可玉莹就是不肯。"夏妈妈回答说。

"我是问你镶多少钱的?"尚妈妈又问了她一句。

"一百多块的就行了,都这把年纪了。"夏妈妈有点儿不好意思地说。她不是钱少不好意思,是怕女儿女婿在他们的面前没有面子。

"什么?一百多块的?一百多块的还不跟纸糊的一样?我的女儿就给我镶五千多的!"尚妈妈颇为得意地说。

海英用有点儿质问的口气对玉莹说:"夏老师,你怎么给夏妈妈镶这种牙?你要是没钱,跟我说一声。老王,你说是不是?"

海英的话,我装着没有听见。玉莹理了理刘海,有点儿尴尬地说:"将就一下吧。"

我自言自语说了一句:"假作真时真亦假。"

海英母女走了,夏妈妈却安慰女儿说:"莹,她们的话,你别往心里去。她家有的是钱,咱们一百元要相当她们家的五十万元。"

我想了很久,也不知道对她们母女说什么好。我精神十分集中,想把这口牙镶好,不然,我就对不起玉莹的那份孝心。

一个星期后的那个中午,天下着雨,我在房里休息。尚妈妈和夏妈妈到我家来跟我的妈妈聊天。聊来聊去,她们聊起了牙。

尚妈妈问夏妈妈说:"大姐,你的牙好使吗?"

"哎呀,我的牙好得很,跟年轻时的牙齿一样。"夏妈妈喜形于色地说。

"这就怪了,你一百多块的牙那么好,我五千多元的牙却差得很。会不会是小王搞错了?"尚妈妈有点儿怀疑地说。

"让我给你看一看就知道了。"妈妈对尚妈妈说。

妈妈一看到尚妈妈那口牙,就肯定地说:"错了,这牙是便宜的牙。"妈妈说完又对夏妈妈说:"你的牙,我也看一下吧。"妈妈一看到夏妈妈的牙又说:"你这口牙可是好牙,搞错了,搞错了。"

妈妈走进我的房里,把我叫了出来,当着她们的面质问我:"她们的牙是怎么回事,会不会搞错了?"

我本想为她们继续隐瞒,现在看来,不说出实情不行了。于是,我只好把真相告诉了她们。

三位老人听后,都十分吃惊。

因为梅花锁

桃花沟有一位姑娘叫银花,长得如花似玉。她不但貌美,更是贤惠,知道她的人没有一个不夸她的,都说娶到她的人肯定幸福。银花未满十八岁,媒人就进她家来说亲了。银花爹跟媒人说白了,要娶他的女儿得过他这一关。他不同意,谁也休想娶他的女儿。有十多位比较有实力的后生,就是人长得帅,家庭经济也好的,他们看后,不是银花这儿过不了关,就是她爹不同意。因为那么多人没有成功,事情就暂停了下来。

秋天到了,全公社的民兵又搞训练。银花也参加了民兵训练,在这次训练中,银花看中了赤山村的林松。林松长得魁梧,关键他还是高中毕业生。那时的高中毕业生在农村可谓凤毛麟角。这次民兵训练结束,两个人的关系也就成熟了。他们都担心过不了银花她爹这一关。林松回到家,就托媒人到银花家说亲。银花她爹对媒人说,他这几天很忙,下个星期再说吧。

银花她爹这个老狐狸,竟然来个突然袭击。媒人来银花家说亲的第二天,银花他爹就到林松家来了。林松一家人根本没有准备,家里乱七八糟的。林松家里连茶叶也没有,银花她爹喝了一杯白开水,屁股还没有坐热就走了。林松一家当然知道这门亲事没有希望了。银花她爹走后,林松像丢了魂似的,茶饭不思,整天唉声叹气。谁也想不到,第二天一早,媒人就到林松家来回话了,说银花她爹同意了。林松听到这个难以置信的消息,有点儿百思不得其解:银花她爹因为什么同意?

喜日子很快就到了,一对新人进入洞房。在粉红色烛光的映照下,林松看着貌美如花的银花,把多日来的疑问对妻子说了出来:"银花,你爹为什么同意你嫁给我?"

银花含笑脉脉地反问他:"你说呢?"

"我是一个才子?"林松红着脸说。

银花笑着摇了摇头,说:"不是。"

"我是一个美男子?"

"更不是!"

"那是因为什么?"林松用两只疑惑的眼睛看着银花问。

"因为梅花锁!"银花说。

林松一头雾水,以为自己听错了,问:"你说什么?"

"就是因为大门上挂着的那把梅花锁!"银花说完,又紧接着说,"我爹说,在四乡六里,能看到的梅花大锁不多。买得起梅花名锁的人家不多,家里穷得一贫如洗的用得上这样的名锁?所以,我爹判断你家的经济条件不错,加上你有文化,我爹就同意了。"

银花的话还没有说完,林松就哈哈大笑起来,笑得弯下了腰。许久,林松才停止了大笑。银花看林松问:"你笑什么?"

"哈哈哈,原来是那把废锁成全了我们。"林松笑着说。

"什么废锁?"

"告诉你吧。三年前,我家的房子在一次台风中倒了。刚好这家的房子空着,他一家搬到省城去了,我家就跟他借住。那时,那把梅花锁的钥匙就丢了。有两次,我想把那把废锁弄掉,可是梅花锁太坚固了弄不开,也就不管它。想不到……"林松边说边笑。那幸福的欢笑声,从窗子溜了出去。

银花听完林松的叙说,也开心地笑着说:"原来是这么回事。聪明一世的爹,被一把废锁给骗了!他要是知道,说不定明天会把我叫回去。"

林松急忙把银花拉进怀里,开着玩笑说:"休想!明天我就买一把比这把更大的梅花锁回来,把你牢牢地锁住!"

进城办事

韩镇长要进省城办事,可他的司机病倒了,就叫李东春帮他开车。车上了高速,韩镇长摸了一下衣袋,突然叫了起来:"啊,我没有带钱包,也忘带银行卡了。"李东春听到这话,急忙减速,问:"韩镇长,那是不是掉头回去?"

"你身上有没有银行卡?"韩镇长问李东春。

李东春脸红了起来,有点儿不好意思地说:"韩镇长,我的工资卡被老婆收去了,衣袋里只有二百多元。"

"没有关系,继续开吧。"韩镇长对他说了一句。

"韩镇长,没有钱怎么办事,你不是说要送礼请客吗?"李东春很是疑惑地说。

"你安心开你的车。我昨晚没有睡好,先眯一下。"韩镇长对他说。

不一会儿,韩镇长的鼾声就在车里响了起来。走了三个多小时,车进了省城。他们来到一家卖茶、烟、酒的店里,那位老板就是他们镇里的人。他看到韩镇长,立即笑容满面,上前握着韩镇长的手,说:"韩镇长,你好!又进城办事?"

"王老板,你好!是来办事。王老板,帮我拿七份礼物。一份礼物两条香烟和一瓶酒,就跟上次的一样吧。"韩镇长对他说。

"好的,好的。"王老板高兴地说。

王老板拿好了东西,在计算机上算了一下,说:"韩镇长,一份 5350 元乘以 7,一共是 37450 元。"

"好的,没有问题。王老板,我的身上只有一万多元,还要请吃什么的。你给我开张票子,把你的账户也写在票子上,我回去就把款打到你的账户里。"韩镇长对王老板撒谎说。

"这个没有问题,把东西拿去吧。"王老板很是爽快地说。

上了车,李东春看着韩镇长,不解地问:"韩镇长,你不是说找两个人吗,怎么买那么多份礼物?"

韩镇长对他笑了笑,没有回答他。他们走过了几条大街,又

来到了另一家卖茶、烟、酒的店子,韩镇长看见店里的林老板在埋头算数。这位林老板也是他们镇里的人,李东春见过他。韩镇长叫了他一声:"林老板,你好!"

林老板抬起头来,看见了韩镇长,惊喜地叫了起来:"哎呀,是韩镇长,好久不见,进城办事?"

"对,来办事。到你这买两斤好茶。"韩镇长笑着说。

"两斤就够了?"

"真是给气坏了。来后一联系,几个人出去考察了。"韩镇长说完,对李东春说,"东春,把车上的五份烟酒拿来。"

李东春很是不解,不知韩镇长要搞什么名堂,但也不便多问。再说,王老板那里有茶叶怎么不买,又跑到这来买茶叶?李东春把车上的五份礼物拿来,韩镇长对林老板说:"林老板,把这五份退给你吧。"

林老板拿起其中一份礼物,拿出烟和酒看后,在计算机上算了一下,说:"一份4750元,五份就是23750元,减去我两斤茶叶2900元,我还得给你20850元。"

林老板说完,拉开抽屉,算了20850元给韩镇长。李东春看到这一切,真是有点儿不敢相信。韩镇长身无一文,没有带钱出来办事,但这一来一去,礼物有了,还能拿到两万多元现金,他还以为今晚要睡在车上呢。镇里不少人都说韩镇长的办事能力强,这回,李东春真是长见识了。两个人回到车上,李东春又问:"韩镇长,你直接跟他们借钱不是更好吗,何必转来转去?再说,从王老板那里拿来退给林老板,一份就差了600元……"

韩镇长打断李东春的话说:"你懂什么?你跟商人借钱他们肯定不会借给你,你跟他们拿货,他们就高兴给你。"

李东春听后点了点头,觉得他的话说得很在理。还有一点李东春更不懂,开的票子的钱是镇政府还的,从林老板那里拿出的钱就是属于他自己的了。

晚上,韩镇长把两位官员请到宾馆吃饭。酒过三巡,韩镇长向两位官员提出要求,那两位官员很快就答应了。吃完饭,两位官员高兴地提着礼物回去了。韩镇长在宾馆的服务台开房拿出身份证时,露出了几张银行卡。

韩镇长这样办事不是第一次了。

血的印章

晚饭时,老赵拿出了一瓶人家送他的酒出来,准备独饮两杯。说是送他,可不是白送,是人家跟他讨字送他的。老赵今年65岁,原是市文联主席,退休几年了,写得一手好字。他给自己倒了一杯,酒香四溢。老赵闻到酒香,那精神也就来了。他端起酒杯,儿子回来了。儿子一进屋,就惊喜地叫道:"爸,这酒真香!我也来一杯。"

老赵放下酒杯,回头看了儿子一眼,不以为然地说:"我的酒,还比得上你县长的酒香?"

老赵的儿子叫树浩,今年才38岁,才华横溢,两个月前,当选为副县长。树浩对爸爸笑着说:"爸,话怎么能这样说。"

树浩坐上来,给自己倒了一杯。老赵看着他问:"今晚,没有人请你这位县长?"

"有呀,有好几位。"树浩对父亲举起了酒杯说。

"怎么不去?"父亲问。

"外面的酒并不好喝啊!"树浩说完,又对父亲说,"来,咱们父子干一杯!"

"还用你掏钱?"

"所以,才不好喝啊。"

老赵和儿子碰了一下杯,把酒一饮而尽。树浩给父亲倒酒,嘴里说:"这酒真香。爸,以后有什么好酒,得叫我一声,可别独饮。"

"亏你说得出口,你有好酒叫过你这位父亲吗?"老赵好像在挖苦儿子。

树浩正要回答,衣袋里的手机响了起来。他放下酒瓶,拿出手机按了一下接听键,说:"你好,哪位?喔,是李总,你好。不了,不了,正在陪父亲吃饭。改天吧,就这样。"他说完,不管对方怎么样,就把手机挂了。

"人家请你吃饭?"老赵问儿子说。

"是,真是烦死了。"树浩有点儿不耐烦地说。

三杯酒下肚,老赵似乎显得有点儿激动,话也多了起来。他对儿子说:"下午,那位姓卓的提着酒,慕名前来讨字。他对我的字很赏识,我一连写了三幅给他。后来,他又给我拿两千元,那钱我就没有收他的。"

你一杯,我一杯,父子好像在比赛似的,一瓶酒喝掉了大半瓶。老赵又要给自己倒酒,树浩阻止他说:"爸,别喝了,你喝了不少。"

"不,喝,难得父子在一起。今晚,我高兴,接着喝,喝个痛快。"老赵给自己倒着酒说。

"爸,我办公室的墙上空空的,你写一幅字给我吧。"树浩对父亲说。

"不用,家里有好几幅名家送我的字画,你挑选一幅吧。"

树浩两眼看着父亲说:"爸,我还是喜欢你的字。还是你写几个字给我吧。"

老赵想了想,点着头说:"好吧!"

饭后,父子两个人一同走进了书房。树浩为父亲铺上了宣纸,老赵拿起毛笔,蘸了蘸墨水,全神贯注,把大笔一挥,四个遒劲的大字跃然纸上:水可覆舟。

树浩看到这四个字,喜形于色,拍着手掌叫道:"好字!好字!"

老赵手里拿着毛笔,两眼看着儿子问:"喜欢吗?"

"喜欢!喜欢!"树浩不住地对父亲点着头说。

老赵放下毛笔,拿起一枚印章,然后把左手的食指往嘴里狠狠地一咬,鲜红的血从手指流了出来。树浩吃惊地叫了一声:"爸……"只见老赵已用他的鲜血当印泥,端端正正盖上了他的印章!那用血当印泥盖的章显得特别刺眼。老赵放下印章,语重心长地对儿子说:"树浩,老爸希望你时时刻刻记住这四个字!"

树浩迎上父亲那两道炯炯的目光,回答父亲:"老爸,您放心吧,我不会让您失望!"

母 亲

曹邦终于借齐了五十万元,这次,他一定要博一搏,不能再错过机会。曹邦在乡镇当了八年多的党委副书记,比他后几年提为副科的都比他早提为正科级,在乡镇或局里当上一把手了。去年,他就想借钱找关系,无奈他的母亲不同意。今年,又要调整一批干部,曹邦暗中借钱,不想让老母亲知道。她要是知道了,肯定又会阻止他。

晚饭,罗莹看着曹邦问:"这几天你借那么多钱干吗?"

"没有,妈,我没有借钱,你听谁说的?"曹邦有点儿紧张地回答,他没有想到妈妈会知道他借钱的事情。

"你别骗我了,我还不知道?"罗莹有点儿不悦地说。

"妈,没有,不信你问彩珠。"曹邦看向身边的妻子说。

彩珠会意,立即附和说:"妈,他没有借钱啊,你什么时候看到他借钱?"

罗莹放下筷子,扫了儿子和儿媳一眼,说:"你借钱做什么,你以为我还不知道?"罗莹说完,又接着说,"这次,我帮你找县委崔书记吧。我在教育局当局长时,崔远当办公室主任,我找他比你花钱强多了。"

曹邦听到母亲这话,感到十分吃惊。前几次,他要找关系,母亲都坚决反对。这次,她不但不阻止,反而主动提出帮他找人。曹邦以为自己听错了,看了一眼妻子,彩珠也很是惊讶。曹邦不相信地问:"妈,你说的是真的?"

罗莹从教育局退下来,已经有十多年了。她是一个真真正正的共产党员,在职期间,她既不收礼,也不送礼,坚决抵制不正之风,上上下下对她的评价相当不错。今天,为了儿子,她也许是逼于无奈。罗莹没有回答,只是对他们点了一下头,然后拿起筷子继续吃饭。彩珠夹了一块肉到罗莹的碗里,说:"妈,现在就是这样的风气,我们不送礼,再过五年、十年,曹邦还是一个乡镇的副书记。所以,我们也是不得已。论能力,论成绩,他哪一项比人差?"

"我知道了,吃饭吧。"罗莹有点儿不耐烦地对儿媳说。

曹邦放下饭碗,从身上拿出了一张银行卡,放到母亲的面前,说:"妈,这张卡里有五十万元,密码是六个'8'。妈,这次有你出面,我就稳操胜券了!"

"话也不能说得这么绝。"罗莹看了儿子一眼说。

"妈,吃完饭,我送你去崔书记家吧。"曹邦对母亲说。

"不用。"罗莹对儿子说,她想得很周到。

吃完饭,罗莹带着银行卡去崔书记家了。曹邦和妻子在家足足地等了三个多小时,母亲才回来。曹邦看到母亲,急忙奔上去,问:"妈,你怎么到这个时候才回来?"

"崔书记很热情,不让我走,要跟我多聊几句,一聊就没完没了。"罗莹甚是高兴地说。

"妈,那卡你拿给他了吗?"曹邦关心地问。

"给他了。开初,他说什么也不肯拿,后来,他还是拿了。"罗莹回答儿子。

"拿了就好,拿了就有希望!"曹邦兴高采烈地说。

彩珠给罗莹倒了一杯茶,罗莹喝了一口茶,说:"崔书记郑重

地要我转告你,叫你放心,认真工作。"

"妈,我做工作什么时候没有认真过?"

一个月后,公示的名单中,果然有曹邦的名字,拟任某镇的党委书记。公示过后,曹邦当上了镇党委书记!曹邦回到家里,非常感激地对母亲说:"妈,谢谢你!我当上镇党委书记了,明天就上任!要是没有你……"

"要是没有我怎么了?"罗莹两眼看着儿子问。

"没有你,我怎么能当上书记?"

"儿子,你错了。那晚,我根本就没有去找崔书记,我是去看一位老同事了。银行卡还在我这儿,借人家的钱都还了吧。"罗莹说完,从衣袋里拿出银行卡,把卡递还儿子。

曹邦不敢相信,迟迟没有接卡,吃惊地问:"妈,你真的没有把卡送给崔书记?"

"妈会做这种事儿吗?妈是这种人吗?"罗莹反问道,紧接着又说,"儿子,我们不能干那种事儿。我知道你这次不会听妈的话,迫不得已,妈只好那样做了。你听说吗?有十七位给县领导送礼的,不但不能提升,还交给县纪委处理了。那次,你要是去送礼,也免不了……"

曹邦低下了头,脸渐渐地红了起来。

贵重的礼物

在今天的换届选举中,金海当选为镇长,离满票只差两票。金海很年轻,今年才三十一岁,他很有才华,也很有胆识。上面的领导看好他,下面的群众相信他。金海当选的消息,很快就传到了在县城的父亲金克平那里。金克平知道儿子比他有能耐,只要他不走他的路,也肯定比他出息。金克平后悔,是他自己毁了自己。那是十多年前的事儿了,当时,他是镇党委书记,是副县长人选。一次,他跟搞建筑工程的老板喝酒,酒后糊里糊涂地收了他十万元钱。后来,金克平发现这位老板做的工程质量有问题,下一个工程就不给他做了,这位老板就举报他了。因而,金克平被"双规"了,他被"双规"的消息,还被报纸登了出来。

早上,儿子上班时,金克平对儿子说过,他要是能当选镇长,他送一项贵重的礼物给他。儿子蛮有信心,笑着对父亲说,那你就把礼物准备好吧。既然儿子当选了镇长,他就要把这份礼物送给儿子。于是,金克平出门去了。

黄昏时分,金海下班回来了。他一踏进门,就兴奋地叫道:"爸,爸,我回来了。"

金克平从里屋走了出来,看着儿子,不以为然地问:"当选了?"

"当选了!差两票就满票!"金海告诉父亲。他说完又接着问:"爸,早上你答应过我的,要送我贵重的礼物。你要送什么贵

重的礼物给我?"

"我的礼物,不知道你喜欢不喜欢。"金克平淡淡地说。

"我想一定很有意义!"金海看着父亲说。

金克平又走进他的卧室,不一会儿便双手捧出了一个精致的镜框。金海有点儿傻眼了,他想,会是什么相片,父亲把它当宝贝?父亲递给他说:"这就是我送你的礼物!"

金海翻过来一看,吓呆了。镜框里不是相片,而是当年登在报纸上的父亲被"双规"的报道,标题是《金克平受贿十万被"双规"》。金克平把这则旧报上的消息扩大了十倍,然后装进了镜框里。

"金海,我希望你以父为鉴,千万不要走父亲的老路!"金克平郑重地对儿子说。

过了一会儿,金海向父亲承诺:"爸爸,你这礼物真的很贵重!我会把它挂在办公室里当成一面镜子的!"

噩梦醒来是早晨

黑幕笼罩大地,华灯初上。素芬把菜都做好了,老公杜云龙还没有回来。老公要是不回家吃晚饭,他会给她打电话的。素芬拿起放在茶几上的手机,给老公打电话。老公的手机关机,素芬感到有点儿怪,老公是一局之长,他的手机是从不关机的。突然,一种莫名的紧张感向她袭来。老公不会出事吧?最近,不是这个书记被纪委叫进去,就是那个局长被纪委叫进去。多数被叫进去的,都没有出来过,而被叫进去的不是因为贪污受贿,就是生活作风出问题。突然,素芬手里拿着的手机响了起来,她以为是老公打电话回来了,连看也来不及看,就接通电话,叫了起来:"老杜,你怎么还不回来吃饭?"

"嫂子,我是办公室的洪峰。杜局他……"

"杜局他怎么了?"素芬甚是紧张地问。

"下午,杜局被市纪委叫走了……"

"什么?因为什么?"素芬大声地质问。

"听说杜局收了海龙集团五十万元,有人把这件事捅到纪委了。不知是真是假……"

洪峰说了很多,素芬一句话也听不进去了,脑袋嗡嗡作响。素芬瘫坐在沙发上,屋里静得出奇。都怪自己,是她害了老公。老公一世清清白白,作为妻子的她是最为清楚不过的。老公处处以一个共产党员的标准严格要求自己,不占不拿。原来是这么回事,昨天晚上,海龙集团的庄总把五十万元送到家里来。刚好老公不在,她买的股票大跌,赔了不少钱,正急着要钱。素芬心想,反正老公已经把他的事情办妥了,就背着老公把那五十万元收了下来。当然,素芬不敢把这件事告诉老公,老公要是知道她这样做,肯定会把她骂得狗血淋头。突然,素芬捶胸顿足大哭起来:"老杜,我不是人,是我害了你……"

这一大哭,把她吓醒了,原来是一场噩梦。素芬坐了起来,老公不在身边,他在省城开会,她擦了擦额上的汗水。窗外的阳光透过窗帘照了进来,天已经亮了。素芬想了一下,这场梦不会是真的吧?昨天晚上,她的确是背着老公收了海龙集团五十万元。老公不会被抓吧?她越想越害怕。于是,她拿起枕头下的手机,急忙给老公打电话,老公的电话很快就打通了。老公的电话打得

通,素芬就松了一口气。霎时,手机里传来了老公亲昵的声音:"老婆,这么早打我的电话有什么事儿吗?"

素芬听到老公的声音,心里踏实了许多,说:"没有,你的胃不好,可别忘了吃早餐。"

"谢谢!知道了。没有什么事儿,我就挂了。"手机里传来了老公那感激的声音。

素芬吃了早饭,带上那张五十万元的银行卡出门了。在路上,她对自己说了无数次:"这钱不能收,千万别害了老公!"

素芬走进海龙集团,敲开了庄总的门。当她把银行卡递还给庄总时,他怎么也不肯收回。素芬严正地对他说:"庄总,你要是不收回,现在我就把它送到市纪委去!"

庄总见她这么坚决,不得不收了回去。素芬从海龙集团出来,灿烂的晨光洒在她那恬静的脸上,她的脸上荡漾着微笑,显得十分轻松。

短　信

中午时分。

詹蒙局长迈着矫健的脚步,一步一步登上楼梯,脚下的脚步声,几乎整座楼都听得见。到了自己的家门口,准备掏钥匙开门时,他的手机收到了一条短信。詹蒙拿出手机一看,越看越害怕。

詹大局长:你好!

三二六工程距开标时间只有一个星期了,有两家公司的老总给你送了大礼。市领导也给你打过电话,你也想暗箱操作。我跟你明说,因为你的手机被我监听了,而且录了音,所以,你的情况我知道得一清二楚。你想一手遮天,还是公平竞争?望你三思!

一家投标公司

詹蒙掏出钥匙,钥匙几次都插不进锁头。终于打开门后,一股香味扑鼻而来,妻子在厨房炒菜。詹蒙把公文袋扔在沙发上,把自己也扔在沙发上,摘下了眼镜,人一下子好像疲惫了很多。妻子从厨房里出来,看到躺在沙发上的丈夫,就问:"怎么了,回来了也不出声?"

詹蒙好像没有听到妻子的话,妻子走上前,又关心地问了一句:"人不舒服?"

"金花,你看吧。"詹蒙把手机递给她,有气无力地说。

金花看完短信,那脸色也变了,吃惊地叫了一声:"啊!"

屋里一下子静了下来,过了一会儿,金花又对丈夫说:"老公,还是把人家的款退了吧?要是不退,这个发短信的肯定给你找麻烦,到那时就惨了。"

詹蒙没有回答妻子的话。突然,从厨房里飘来刺鼻的味道,锅里的菜烧焦了,金花急忙奔进厨房里。过了一会儿,金花从厨房里出来,把几扇窗子都打开了。詹蒙在默默地抽着烟,金花又走了过来,甚是担心地问:"你打算怎么处理?"

詹蒙猛吸了一口烟,下定决心说:"还能怎么处理,只能退了!"

"现在,我们做事要特别小心,现在给你发短信还不错,到时要是把你捅出去,那就麻烦了。"金花对丈夫说了一声。

詹蒙拿出手机,摁了一串数字,电话接通后,他说:"翁总,你

好！下午两点三十分,你到我的办公室来一趟。什么事儿？当然有要事。好,好,下午说。"詹蒙挂了电话,又给一位姓蔡的老总打电话。

下午,詹蒙把两张银行卡退还给人家了。当晚十点多,詹蒙又收到一条来自同一个手机号码的短信。

詹大局长：你好！
　　中午,我发给的短信,如此看来起到了很大的作用！
是真是假,就看开标那天！

一家投标公司

詹蒙看完短信,思考了一会儿,就给对方回复短信:谢谢你对我工作的监督,希望你继续监督！

一个星期很快就过去了,开标这天,詹蒙请来了几家媒体,从头至尾全程录像,真真正正做到公开透明,公平竞争。二十三家竞投的公司对这次竞投都心服口服,没有异议。作为承办方的主要责任人,詹蒙感觉压在身上的一块大石落地了,感到无比愉快。竞投圆满结束后,詹蒙看了看这个,又看了看那个,他在问自己,那短信究竟是谁发的呢？后来,他摇了摇头,实在猜不出,也不去管他了。下班时,詹蒙还到菜市场多买了几个菜回家。詹蒙回到家,高兴地叫道:"老婆,老婆……"

"今天怎么这样高兴?"金花从卧室走出来问。她看到丈夫手里的菜,吃惊地问:"你怎么又买菜了?"

"今晚,咱们喝两杯！"

"你高升了?"金花不解地问。

"投标的事情很顺利,比我预想的还要好！"詹蒙对妻子说。

"我以为你升官了,原来是怎么回事。"金花不以为然地说。

晚饭时,夫妻俩你一杯我一杯,喝了个天昏地暗。詹蒙给妻子倒着酒,说:"这次,真感谢那个发短信的人,没有他的短信,我就死定了……"

"老公,你真不知是谁发的?"金花的两只红眼睛看着丈夫。

"不知道。"丈夫把头摇得像拨浪鼓一样。

"老公,那个发短信的就是我。老公,我好怕你犯法啊,我不想失去你……"

"老婆,真的是你?"

金花完全醉了,没有回答丈夫,趴在桌子上。詹蒙很是感激地说:"老婆,谢谢你,我敬、敬你一杯……"他话没有说完,酒杯就掉了下去,人也趴在了桌子上……

病　友

523号病房住着两位病人,都是做了摘除胆囊手术的。一个不到四十,一个五十出头。来看望年轻病人的人特别多,出出进进。从他们的交谈中可以得知,年轻的病人姓金,是县里的一位局长,是一位有一定权力的人。年纪大的那位,除了儿子和儿媳来看过一次,再没有其他人来看过他,只有老婆一直陪着他。金局长的妻子送走一位老板刚回来,又有一位挺着大肚子的男人手提着水果和鲜花走进了523号病房,他肯定又是来看金局长的。果不其然,他一进来,就走到金局长的床前,叫道:"金局长,您好!"

"哎呀,黄总,你这位大忙人怎么也来了?"金局长有点儿惊

讶地说。

黄总把鲜花递给金局长的妻子,说:"您躺在医院,我能不来吗?再忙也要来看一下。"

"黄总,这些天,我就无法到工地去了,你可要保质保量。不然,别怪我铁面无私!"金局长小声警告说。

"金局长,这您就放心吧。"他说着,又叹了一声,"哎,共产党的干部,要是都像您这样……"黄总看了邻床的病人一眼,收住了口,"不说了,不说了……"

黄总坐了一会儿,就告辞走了。黄总临走时,用眼睛对金局长的妻子示意了一下他的水果袋。金局长的妻子没有反应,装作不知道黄总的意图。黄总走了,金局长的妻子拿起黄总的水果袋一看,里面有一个大信封,便眉开眼笑,乐呵呵地说:"买了这么多水果!"她说完,拿出两个大苹果,递给邻床病友的妻子,说:"大姐,你吃苹果吧。"

那位大姐摆着手,不好意思地说:"不要不要,老是吃你的水果。"

"别客气,我们是病友了,这是有缘分才在一起的啊!"金局长接着妻子的话说。金局长说完,看了一眼病友,见他微闭着双眼,便小心地问:"大哥,你贵姓?"

"我姓钟。"病友回答他。

"在什么单位?听口音好像不是本地人。"金局长又问了一句。

老钟微微笑了一下,他本想回答他,可又有两个人进来看望金局长了。于是,老钟也就不说了。此时,老钟的妻子拿来一碗粥,给老钟喂粥。那两个人走后,金局长的妻子趁着老钟吃粥,小心地处理起那水果袋。老钟还没有吃完粥,又有人敲门了,金局长的妻子急忙打开门,进来了四五个人。老钟夫妇没有理会人家,因为觉得不是来看他们的。哪知来人对着老钟说:"钟市长,你好!"

老钟听到这熟悉的声音,急忙抬起头来,说:"陈书记……"

"钟市长,你怎么到这里的医院来?"陈书记握着钟市长的手,不解地问。

"这里很好,这里安静……"钟市长微笑着说。

钟市长的话还没有说完,又有人来看望金局长,而且一连来了好几位。这弄得金局长很尴尬。市委陈书记跟钟市长聊了一会儿工作,告辞走了。陈书记他们一走,金局长就问:"钟市长,您就是邻市的钟炳生市长?"

钟市长微微地对他点了一下头。

此时,金局长低下了他的头,一面愧色。过了不到半个钟头,金局长就提前出院了。

用心良苦

周末又到了。

这是钟天文一家约好回家相聚的日子,没有特殊情况的话,儿子儿媳和孙子都会回来。钟天文一家都是当官的,而且都是不小的官。钟天文是县人大常委会的主任,妻子吴仕芳是一中的校长。钟天文有一个儿子叫钟阳,在市委组织部当副部长,儿媳胡梅在市妇联当主席。钟阳带着妻子胡梅回家了,今天,他们的儿

子没有回来,因为正准备高考。钟阳打开门叫道:"爸,妈,我们回来了!"

钟阳和胡梅踏进屋子,大吃一惊:屋里乱七八糟,爸爸坐在沙发上,满脸怒气,妈妈流着泪在收拾屋里的东西。他们知道父母吵架了。爸爸和妈妈的感情一直很好,别说吵架,脸都极少红过。钟阳看了看爸爸,又看了看妈妈,小心地问:"爸,妈,你们怎么了?"

"你问你的好妈妈!"钟天文愤愤地说。

胡梅走到妈妈的身边,俯下身子,一边收拾东西一边温和地说:"妈,怎么回事?"

"都怪我,是妈妈错了,我不该那样做。"吴仕芳对儿媳说,她没敢看儿媳。

"妈,究竟怎么了?"钟阳急着问。

吴仕芳站了起来,欲言又止。钟天文大声地说:"敢做敢当,怎么没有勇气说出来?"

吴仕芳不满地看了钟天文一眼,说:"都是我糊涂了。今天,天地房地产的范总送一套房子的钥匙到家里来,我把它收下了……"

"妈,你怎么能这样做?"儿子和儿媳几乎同时说。

"我想到你舅舅和外婆没有房子,就……"吴仕芳有点儿后悔地说。

"妈,舅舅房子的事情,前几天我跟爸爸商量过了,叫舅舅和外婆搬到我们这儿来住,一来可以照顾外婆,二来你们也不会觉得那么冷清。"钟阳对妈妈说。

"妈,那钥匙还人家了吗?"胡梅问吴仕芳说。

"没有。"

"妈,你这样做不仅仅害了自己,也害了爸爸,连我们也感到丢人!妈,走,我陪你去,把钥匙送还人家!"胡梅对吴仕芳说。

"你弄吃的吧,我自己去!"吴仕芳对儿媳说。

"妈,你一定要送还人家!"钟阳郑重地说。

"妈这回不糊涂了!"吴仕芳与其说是对儿子儿媳说的,倒不如说是说给丈夫听的。

吴仕芳拿起放在茶几上的钥匙就走了,胡梅冲着她叫道:"妈,快去快回,我们等你回来吃饭。"

吴仕芳走了,钟阳坐在爸爸的身边,给爸爸泡了一杯茶,把茶送到爸爸的手上,说:"爸,妈妈知错了,你就别生她的气了。"

"她做出这种事,我能不生气吗?你们也一样,都是党的领导干部,不该拿的,不该要的,绝对不能要!你爷爷……"

在厨房里的胡梅听到爸爸又说到爷爷,回过头来,打断爸爸的话,说:"爸,我们就是以爷爷为学习的榜样的,还有你。爸,你就放心吧,我们不会给你丢脸的!"

钟天文一直以父亲这个老红军干部为榜样严格要求自己,也常常拿父亲的事情来教育儿子和儿媳。故他们一家为官才没有被人说三道四。今天发生这样的事情,钟天文不失时机,把她当成一个典型教材,一起教育儿子和儿媳。

饭菜做好了,吴仕芳匆匆地回来了。钟天文看了妻子一眼,变得和气了,问:"送还人家了?"

吴仕芳对丈夫点了一下头,说:"是,送还给他了。你放心吧,以后,我再也不会犯错了!"

"吃饭吧!"钟天文高兴地对大家说。

饭后,钟天文回到房里。他随手关上门,两眼看着妻子,很是感激地说:"老婆,委屈你了,今天太感谢你了!你演得太棒了!"

"感谢我干吗？我不也是怕我的孩子走错道啊！"吴仕芳认真地说。

吴仕芳收天地房地产房子的事儿纯属子虚乌有，是他们唱的一出双簧戏。他们的目的，就是借此来教育儿子和儿媳，用心良苦啊！

多子误死父

黄伯和陈伯住在同一层楼，两门相对。他们都七十多了，是一对很要好的老伙伴。老来无事，他们常互相串门聊天，或结伴到外面溜达。陈伯有五个儿子，本来应该有一个幸福的晚年，可他过得不怎么舒心，因为儿子没有孝心。陈伯很是羡慕黄伯，黄伯虽只有一个儿子阿春，但他的儿子和儿媳都很讲孝道，一回家就爸长爸短的，笑容可掬，给老人一种温馨的感觉。

上午十点多，黄伯又到陈伯家来聊天，他按了一下陈伯家的门铃，过了好一会儿，陈伯还没有开门，黄伯心想，难道老陈自个儿出去了？黄伯又按了一下门铃，还不见陈伯出来开门。黄伯想走时，门打开了，陈伯的右手捂着心脏的部位，脸色很难看。黄伯见状，急着问："老陈，你的心脏不舒服吗？"

"是，是。"陈伯回答他。

黄伯急忙扶着陈伯进屋，对他说："老陈，有药吗？"

"不知道，吃完了。"陈伯痛苦地说。

黄伯急着对他说："那快叫你儿子回来，送你去医院。"

陈伯摆了摆手,说:"不用,不用,过一会儿就没事儿了。"

黄伯见陈伯越来越痛苦,就对他说:"老陈,我帮你叫儿子回来,不能再忍了,不然要出大事的。他的电话号码记在哪儿?"

"就压在电话下……"陈伯吃力地说。

黄伯从电话机下拿出一张纸,那张纸上记着老大、老二、老三、老四和老幺的手机号码。黄伯急忙拨打老大的手机,老大的手机接通了,黄伯大声地说:"老大,我是对门的黄伯,你爸的心脏病发作了,快回家来……"

"黄伯,我正忙着走不开,麻烦你叫老二吧。"老大说完就把手机挂了。

黄伯急忙拨打老二的电话,他的电话接通了,黄伯急着说:"老二,我是对门的黄伯,你爸的心脏病发作了,很严重,快回家吧。"

"黄伯,你叫我哥,我正打着麻将走不开。"老二回答。

"你哥他说没有空啊,你快回来呀。"

"那你叫我弟弟。"老二不等黄伯回答,就把电话挂了。

黄伯不满地嘀咕了一句:"真是的。"但他又不敢怠慢,马上打老三的电话,老三的电话正跟人通着话,打不进去。黄伯一连重拨了好几次,都打不进去。此时,陈伯痛苦地叫了起来。黄伯立即打给老四,老四的电话接通了,但老四没有接听。黄伯一连打了几次,老四的电话都是只通不接。黄伯没有办法,只好打老幺的电话。老幺的电话接通了,黄伯急忙叫道:"老幺,我是对门的黄伯,你爸心脏病很严重,快不行了,速速回家。"

"什么事儿都叫我,我不是有几个哥哥吗?你叫他们吧。我忙着呢。"老幺不满地说。

"我叫了他们,他们都走不开……"黄伯话还没有说完,老幺

就把手机挂了。

陈伯痛苦地叫了一声,黄伯看着他,对他说:"老陈,你可要坚持住。我叫我的儿子回来。"于是,黄伯用自己的手机打给他唯一的儿子,电话接通了,黄伯说:"阿春,爸不舒服,你快回来。"

"爸,我马上回家,你马上打120。"他的儿子回答说。

黄伯经儿子的提醒,才想到打120,真是急糊涂了。他马上打了120。不到五分钟,黄伯的儿子赶回来了,还未到家,就在楼梯上叫道:"爸,爸……"

黄伯从陈伯家出来,阿春看见爸爸,就问:"爸,怎么样?"

"阿春,我没事儿,是陈伯出事了,我怕你不回来,就说是我……"

阿春打断父亲的话,问:"陈伯怎么了?"

"心脏病发作,快送他去医院。"黄伯对儿子说。

父子走进陈伯家,阿春背起陈伯就下楼。还没到了楼下,黄伯的儿媳妇也风风火火地赶回来了。不一会儿,救护车也到了,阿春父子一同陪陈伯到医院。最后,陈伯还是死了,医生说要是早两分钟就没事儿了。哎,五个儿子好像在踢皮球,踢来踢去,真是应了那句老话——多子误死父!

孔局长钓鱼

"钓鱼去啰,钓鱼去啰……"

刚吃过早饭,我在阳台上浇花,就听到对门的孔鸣局长那兴奋无比的叫声。每个双休日,孔鸣都开着车去钓鱼,到黄昏才回来。每次回家,他那个装鱼的塑料桶总是沉甸甸的。而孔鸣每每都是拖着疲惫的身子回家的,也许是整天钓鱼太劳累了,但他的脸上还是挂满了收获的喜悦。要是碰到孔鸣钓多了,他的老婆会拿几条鱼送给我。我家几乎每个星期都能吃到孔鸣钓的鱼。

我打开门,看见孔鸣拿着钓鱼竿下楼,急忙跟他打招呼:"孔局,又要去钓鱼了?"

"是的,是的。难得双休日,到户外活动活动。"孔鸣回过头来,笑呵呵地说。

钓鱼既有乐趣,又修身养性,要多清净就有多清净。整天蹲在水边,把一切事情置之脑后,更重要的是有所收获。像孔鸣家,从不缺买鱼的钱,可他钓回来的鱼,我们这栋楼的上上下下,有谁没有吃过?因而,孔鸣跟大家的关系极好。

中午,一位朋友从上海回来,住在蓝天大厦,要我马上过去。我和朋友已四五年不见了,听说他回来,我很高兴。我匆匆地来到蓝天大厦,刚从电梯里出来,便大吃一惊,只见一位打扮艳丽的漂亮女人挽着孔鸣的手从走廊那头走来。看到他们那亲热的样子,就可以知道他们是什么关系。孔鸣跟那女人说得很投入,没有发现我,我急忙避开他,免得都尴尬。

我快速走了几步,背对着他们蹲了下来,装作在系鞋带。此时,传来那位女人娇滴滴的声音:"孔局长,刚才你对我说的话,不会反悔吧?"

"我这不就带你下去吗?我堂堂的一个局长说话会不算数?等会儿你看中什么我就给你买什么。"孔鸣很爽快回答她。听他那说话的口气,肯定是喝了不少酒。

"嘻嘻,我就知道我这双眼睛不会看走眼。"那个女人得意地说。

"不过,买好后就得上来。"孔鸣对她说。

"行。有种今晚你就别回家。"

孔鸣他们进了电梯,我才走向朋友的客房。我心里想,孔鸣今天到这个地方来钓"鲤鱼精",没有去河里钓鱼,我这个星期得自己买鱼了。

黄昏,我回家不久,就听到孔鸣在楼下大呼大叫:"老婆,我钓鱼回来了,快给我下来。"

我听到孔鸣的叫喊,急忙走到阳台上。往下一看,孔鸣从车里提出一桶沉甸甸的鱼,我真有点儿懵了,但我很快就反应过来。孔鸣钓鱼是遮人耳目的,最重要的是骗他的老婆。孔鸣的老婆应声下楼,看到孔鸣钓到那么多鱼,眉开眼笑地说:"诸葛亮,真有你的,你太棒了!"

孔鸣的老婆高兴时,就叫孔鸣"诸葛亮",在他背后就叫他"孔老二"。孔鸣的右手捶着腰,对老婆说:"累死我了,累死我了。以后,你别叫我去钓鱼了。"

孔鸣的老婆手提着鱼走在前面,他跟在老婆的后面,他那个样子仍是很疲劳。现在,我明白他"钓鱼"为何那样辛苦了。

没过多久,门铃响了,我打开门,孔鸣的老婆又送来了几条鱼。她一看见我就笑着说:"今天,'孔老二'钓的可多了。"

"嫂子,老是吃你的鱼,真不好意思。"我对孔鸣的妻子说。

"你看你说什么话,这鱼又不是花钱买的,况且我们又吃不了那么多。"孔鸣的妻子白了我一眼,显得有点儿不悦。

我的妻子见她拿来了几条大鱼,极高兴地说:"孔局长真是一个钓鱼能手!"

孔鸣的妻子对我的妻子挤眉弄眼,小声地说:"妹子,你知道不,双休日'孔老二'只要去钓鱼,我就放心了。所以,每个双休日我都叫他去钓鱼。"

我急忙捂着嘴走开,差点儿笑出声来,真是笨女人一个。孔鸣的妻子回家了,为了证实一下,我上前看了那几条鱼一眼。那几条鱼的鱼嘴都没有被鱼钩穿过,证明这些鱼都不是钓来的,而是从市场买回来的。

妻子在杀鱼时,自言自语:"老孔真有本事,每次都钓那么多鱼回来。"

我笑了笑,本想把真相告诉妻子,但转念一想,不能告诉她。我告诉了她,她的嘴要是把持不住,那以后就休想吃上孔鸣"钓"的鱼了。

妈妈的官比爸爸的大

我承认妈妈是个女强人,妈妈不但长得漂亮,而且有能力也有毅力,所以官运亨通也就不奇怪了。不到七年的时间,妈妈从一个乡镇的党委副书记,到乡镇书记,到副县长,到县委的副书记,一直在升。看妈妈步步高升的势头,她还会继续升官,前途无量。而我的爸爸,论能力论毅力并不比妈妈差,可爸爸八年前就是一个股长,到如今还是一个股长。也许因为妈妈是一个女同志,当今女干部人才紧缺,所以妈妈成了一个幸运儿。

妈妈的官越大,爸爸就越遭殃。妈妈动不动就向爸爸发脾气,训爸爸像训小孩子似的,爸爸若是顶嘴,妈妈就叫他滚出去。爸爸算是识时务的,跟妈妈顶嘴的次数越来越少了,到最后,妈妈

怎么说,爸爸就怎么做。久而久之,爸爸也就习惯了。我经常听到班里的不少同学说他们的妈妈如何如何被他们的爸爸打。有一次,我的同桌问我,你的妈妈会不会遭你的爸爸打?我回答说正好相反。我的同桌感到很奇怪,问我为什么。我说我妈妈的官比我爸爸的大。

保姆阿姨的母亲病了,她回乡下去探望母亲了。那家务就全落在了爸爸一个人的身上,煮饭、洗碗筷、洗衣服、拖地板,爸爸全包了,妈妈则视而不见,什么也不干。爸爸白天上班,晚上还得干家务。我见爸爸累成那个样子,很是同情爸爸,有时帮爸爸干这干那。一次,爸爸出去买菜时,我问妈妈:"妈妈,你怎么那样狠心?什么事都叫爸爸做。"

"美霞,他不做,难道叫我做?我的事务、应酬比他多得多,谁叫他的官比我的小。"妈妈回答我。

"妈妈……"

"小孩子别管闲事。"妈妈打断我的话。

去年冬天的一个晚上,爸爸局里的一个同事突然病倒了,爸爸把他送进医院,把一切事情办妥后才回家。那时已十一点多了,超过了妈妈规定的时间,所以无论爸爸如何叫门,妈妈就是不给爸爸开门。可妈妈不论什么时候回来,爸爸都给妈妈开门,一见面就问她"累坏了吧"之类关心的话。保姆阿姨见门外寒风刺骨,为爸爸说情,妈妈黑着脸不理。我要去开门,妈妈把我拉了回来,说:"把我的话当作耳边风,太不像话了!"

"我看你才不像话,以为自己的官大,就了不起了!"我愤愤地对妈妈说。

妈妈一举手狠狠地打了我一巴掌,我哭着走进了房间。爸爸叫了一个多小时,妈妈就是不开门。那晚,爸爸只好到爷爷那边去睡了。第二天,爸爸回来,要跟妈妈离婚。后来,因为我,爸爸又让步了,没有离成。我很清楚,爸爸和妈妈的婚姻已名存实亡。

两个多月前,不知是谁检举了我的妈妈,妈妈受到处分,被撤了职。妈妈没有当官了,再也没有官架子了,我的爸爸解放了。因经济问题,保姆阿姨不得不辞退,妈妈又像从前那样,干起了家务活,说话也不敢大声,爸爸的话她也听了,爸爸成了一个真真正正的一家之主。说实在话,妈妈没有官当,爸爸高兴,我也高兴。我们一家又恢复了一开始的那个样子,和睦相处。

一天,趁妈妈不在家,我对爸爸说:"爸爸,不知是谁检举了妈妈,要是知道是哪个人,我们应感谢他才对,是那个人挽救了我们的家庭。"

"美霞,检举你妈妈的不是别人,正是我,你千万别告诉你妈妈。"爸爸抚摸着我的头发,悄悄地对我说。

"爸爸,若我是你,我早就检举她了。"我微笑着对爸爸说。

歪打正着

一天下午,C局的梁局长对杨贤明副局长说了一声,他要去省城办事。其实,梁局长说去省城办事是假,他刚才接到住在省城的二奶的电话,二奶说好几天不见,很想念他,要他过去。梁局长为了早点儿见到二奶,车速一加再加,由于梁局长的面前浮现跟二奶相会的情景,方向盘一偏,连车带人滚入了山谷,梁局长死了。梁局长从车里被弄了出来,他面带笑容……

开追悼会那天来了上千人,梁局长的死,由于是"去省城办事",所以当然属于"因公牺牲"。一位副县长为梁局长致追悼词,悼词洋洋几千字。县长把梁局长说成是一个两袖清风、严以律己,吃苦在前、享受在后的好公仆。

忽然,C局办公室的副主任朱小斌失声大哭,哭得很伤心,他边哭边说,梁局长不该这么快就死。朱小斌这一哭,虽有不少人难以理解,但也有不少人跟着流泪,局里几个女人也哭了,再加上亲属的哭声,追悼会的气氛显得特别悲哀。

不到半个月的时间,C局杨贤明副局长被提升为正局长。俗话说"一朝君子一朝臣",杨贤明当了正局长,就把办公室副主任朱小斌提升为正主任。杨局长提升朱小斌的原因很简单,认为朱小斌这个人不错。朱小斌在梁局长追悼会上的哭声,感动了杨局长。杨局长当然清楚,不是梁局长有恩于朱小斌使他感激梁局长。梁局长到C局当局长时,朱小斌就是一个副主任,梁局长并没有重用他。如果是一个没有感情、目无领导的人,会失声大哭吗?杨局长就此认定,朱小斌可以培养。

杨局长很信任朱小斌,什么事情都叫他去办,朱小斌说的话,杨局长也听。朱小斌在C局成了一个大红人。

有一天,朱主任和一个同事郑风一起吃酒,酒过三巡,郑风端着酒杯问:"朱主任,我一直想问你一件事儿,都没有机会。"

"什么事情?"朱主任放下手中的筷子。

"朱主任,梁局长对你并不怎么样,在他的追悼会上,你为何哭得那样伤心?"郑风看着朱小斌,十分不解地问。

"郑风,你有所不知,我不是哭梁局长,哭他干吗?我对他恨之入骨,巴不得他早点儿死。我是哭我那五万元,那五万元全是跟人家借的。"朱主任说完,把杯中的酒一饮而尽。

"哭五万元？"郑风更是丈二和尚摸不着头脑。

"郑风，梁局长死的前一天晚上，我送了五万元给梁局长，要他把我提为办公室正主任。当时，梁局长收了我的钱，就一口答应我。他一死，我当然清楚，什么都没有了，我能不哭吗？"

"朱主任，这样看来，是歪打正着，给你哭对了。朱主任，你知道杨局长为什么提升你吗？"

朱小斌端着酒杯，摇了摇头。

"是你的痛哭流涕感动了杨局长，杨局长说你为人难得，可以培养。"

"是吗？来，干杯！"

"干杯！"

一只肮脏的花瓶

我了解到 M 局东方星局长是一个古董迷，对瓶瓶罐罐很感兴趣。为了争到 M 局的"天鹰"工程，我只能忍痛割爱，把价值三十万元的青花瓷瓶送给东方星局长。俗话说得好：舍不得孩子，套不住狼。投其所好，往往能起到事半功倍的效果。

东方星见到我那只清朝的青花瓷瓶，如获至宝，爱不释手。因为这只青花瓷瓶，在众多的竞争对手中，我很顺利地把工程弄到了手。在 M 局办理手续时，我在办公室里见到一位绝色佳人，她真有沉鱼落雁、闭月羞花之貌。第一次见到她，我真被她的容貌所倾倒。这位美人的名字很有意思，我问 M 局的一个人，他嬉

笑着告诉我,她叫"猪屎"。我当然不相信这会是她的名字,谁会用这样的名字呢?后来才知道她叫"朱始","朱始"刚刚好跟"猪屎"谐音。

朱始那么貌美,我心动了。我从 M 局出来,满脑子都是她的影子。我认为这就是我的缘分到了,争不到 M 局的工程,我就无法认识她。我一打听,她还没有结婚,我就想试试看,要是能行,我想娶她为妻。事不宜迟,在黄昏,我约朱始出来吃饭,当她听到是我时,语气有点儿激动,竟然那么爽快地答应了我。第一次见面,凭我的感觉,我知道她对我的印象不错。一来二往,我们很快就好上了。

不到半个月的时间。在一个月圆之夜,朱始答应了我的求婚。那晚,我高高兴兴地把她带回家。因为心情好,我把那些收藏的宝贝一件一件地拿出来让她欣赏。朱始看得很认真,也问得很详细。我都不厌其烦,一一回答她,但在价值上,我夸大其词。

我们的关系日益成熟,有相见恨晚之感。事隔一个多星期,朱始的父母要见我,朱始把我带到她家中。见了她的父母之后,朱始要我到她房里去。进了房里,朱始随手关上门,对我有点儿神秘地说:"我让你看一件东西。"

朱始打开柜子,从柜子里捧出一只花瓶。我一看到这只花瓶,眼睛为之一亮:这只花瓶不就是我送给东方星局长的吗?未细看之前,我还不敢肯定。

朱始把花瓶递给我,说:"你是行家,帮我看看。"

我接过花瓶一看,这回我可以肯定,这只花瓶绝对是我送给东方星的。我双手捧着花瓶,疑惑不解,这花瓶怎落到她的手上了?我看了看花瓶,又看了看貌美无比的朱始,很快就找到了答案。霎时,一阵阵悲哀向我袭来,浑身像被鞭子抽打一样难受。我努力控制着自己的情绪,看着她问:"你这花瓶是哪儿来的?"

"祖传。"朱始脱口而出，显然她对我是有防备的。接着，她又问我："你看值多少钱？"

我两眼看着花瓶，没有回答朱始。她上有哥哥，下有弟弟。这价值不菲的花瓶怎轮到给她呢？她无疑是在撒谎。

"值多少钱？"朱始又催问了我一句。

我看着她，有点儿生气地说："这个，我怕说不准。喔，你们的东方局长很内行，你叫他看看吧。"

朱始听我提到东方星，那脸色发生了微小的变化，这逃不过我的眼睛。我放下这只肮脏的花瓶，离开了她的家，口里不停念着："猪屎，猪屎……"

后来，朱始打我的电话，我再也不接了。

局长的官比股长的小

在W局谁都知道范局长的官比魏清华股长的小，不知情者说我是在胡说八道，可事实确是如此，这事儿连局外的不少人也知道。在W局，范局长什么都听人秘股魏股长的，魏股长满肚子才学，是一个难得的人才。魏股长为范局长出谋献策，把W局治理得相当不错，W局也因此多次受到县委、县政府的表彰。有不少人在背后议论范局长如何无主见，范局长当然知道，他不以为然。不用动脑筋，有人会为他做事，做出的成绩还是局长的，何乐而不为呢？

局里局外，有事儿找范局长的，那你可能找错人了，到时，范

局长跟魏股长交流意见时,魏股长要是反对,你就泡汤。如果你有什么事情,直接找魏股长,他要是说行,保证你能成功。你也许会这样问,W局的黄副局长是吃闲饭的吗?是的,黄副局长曾经想把局里的大权揽到自己的身上,范局长是好对付,可那个魏股长就不那么好对付了。他一个要对付两个,没有那个能耐,有一阵子,黄副局长被弄得很尴尬。后来,他只好主动放弃。

一天晚上,魏股长正在吃晚饭,忽然,门铃响了,魏股长的妻子打开门,是局里的老王来了,老王还提着两瓶酒和两条香烟。老王一进来,就兴高采烈地说:"魏股长,这次,你可得帮我一把。"

"老王,看你说的,有什么事儿吗?"魏股长问。

"魏股长,听说电脑室要招一个打字员?"老王对他说。

"是有这回事。"魏股长回答说。

"魏股长,我那个女儿大学毕业一年多,还找不到工作……"

魏股长明白他的意思,便说:"老王,这事儿我跟范局长说说看,问题应该不大吧。"

老王走后,魏股长把老王的两瓶酒和两条香烟提到范局长家,范局长家就在他家楼上。魏股长把老王的事情跟范局长说了,范局长对他说,你看着办吧。魏股长要走时,范局长拿一瓶酒和一条香烟给他,魏股长也不客气,把烟酒接了过来。

有一天,魏股长被一家工程的徐老板请到宾馆喝酒。酒过三巡,徐老板从皮包里拿出十万元人民币放在魏股长的面前,说:"魏局长,不,魏股长,'三二六'工程,要是承包给我公司,这十万元归你。"

"徐老板,没有问题,干杯!"魏股长端起酒杯,豪爽地对他说。

从宾馆出来,魏股长把十万元送到范局长家,范局长又拿了五万元给魏股长。

一个晚上,魏股长在局里加班,忽然,局里的葛红云走了进来,甜甜地叫了他一声:"魏股长,你加班。"

魏股长抬起头,看见红云站在面前,今天她穿得很漂亮,不禁叫了一声:"红云,今天你真漂亮。"

"是吗?"红云对他嫣然一笑说。她那含情脉脉的眼光看得魏股长有点儿心猿意马,很不自在。红云来到他的身边,又说:"魏股长,财务股的陈股长就要退了,你看那个位子是不是?"

"这个,这个,我可做不了主……"魏股长故意说。

红云把手轻轻地搭在魏股长的肩上,把身子靠上去,美美地叫了一声:"魏股长。"

魏股长迅速地往门外看了一眼,见什么人也没有,便把她抱了起来。霎时,办公室的灯也灭了……

次日上班,魏股长走进范局长的办公室,对范局长说:"范局,财务股的陈股长要退了,那个位子给红云吧。"

"你拿主意吧。"范局长对他说。

魏股长走出局长办公室时,范局长看着他的背后,在问自己:红云送了什么礼物给他?他咋没有把东西拿来?有一次,范局长和魏股长一起喝酒,范局长喝醉了,看着魏股长问:"清华,你叫红云当财务股长,她没有送礼物给你?"

"有。可她送的'礼物'是见不得人的,我可不能给你。"魏股长回答说。

范局长以为见不得人的礼物是很不值钱的东西,也就不把它放在心上了。

"三二六"工程出事了,上面追究起责任,魏股长因受贿十万元而锒铛入狱。因魏股长没有说出范局长拿了五万元,范局长只被通报批评。范局长的妻子知道此事后,非常庆幸地对范局长

说:"老范啊老范,幸好你这个局长比股长小,不然,这次坐牢的一定是你!"

因祸得福

上午下班,武平从潘局长的办公室门口经过时,潘局长对他叫道:"武平,你进来一下。"

武平走进潘局长的办公室,问:"潘局,你叫我有事儿吗?"

"武平,我的身上没带钱。财务下班了,你借两千元给我。"潘局长收拾着办公桌上的东西说。

武平一听到潘局长要跟他借钱,心里一时很矛盾,借还是不借?不借他,日后潘局长肯定对他不利;借他,昨天,他的妻子还问他领了工资没有。武平是一个"气管炎",这在单位是无人不知的,工资总是如数上缴。最终,武平还是从刚领的三千多元工资中拿出两千元借给了潘局长。

武平一踏进家门,他的妻子沈玉就对他说:"武平,今天的工资领了吧?"

"沈玉,剩下一千多,我借两千元给潘局长了。"武平把余下的一千多元从衣袋里掏了出来,递给沈玉。

"你说什么?潘局长跟你借钱?你骗得了别人可骗不了我。你老实交代,你那两千元哪儿去了?"沈玉没好气地质问武平,脸色一下子变得十分难看。

"我真的借给潘局长了,不信,你……你打电话问他。"武平实在没有办法,只好这样对妻子说。

"你别拿潘局长来压我,你以为我不敢？你要是敢骗我,有你的好看,老娘不是好惹的!"沈玉气势汹汹地说。

沈玉说完,来到电话前,就打潘局长的手机。潘局长的手机很快接通了,沈玉客气地问:"潘局,你好,我问你一下,你有没有跟武平借两千元？"

"没有!"潘局长一口否定。

"真的没有？"沈玉又问了一句。

"你有没有神经病！我一个局长跟他借钱？"潘局长非常不满,然后把电话挂了。

沈玉被潘局长一骂,更是火冒三丈。她把听筒狠狠地摔了,大声嚷着说:"你还说不说实话？"

武平一听潘局长说没有跟他借钱,也非常气愤,他拿出手机拨打潘局长的电话,可潘局长的手机已关机了。

于是,一场战争爆发了。武平这个"气管炎"原是处处让她,可后来无法忍受,两个人扭打起来。沈玉摔花瓶,武平摔茶杯,最后,连电视、电脑等都摔了,满屋子都是碎玻璃什么的。

下午上班,武平带着满肚子气,直闯潘局长的办公室,他一进办公室,就没好气地冲着潘局长问:"潘局,你向我借的两千元,是不是不想还我？"

潘局长心平气和地说:"武平,我这段时间手头紧,过几天就还你。"

此时此刻,武平才发现潘局长的办公室里坐着三个陌生人,又见潘局长那口气,顿悟自己的行为太鲁莽,才退出局长的办公室。武平回到自己的办公室,越想越感到自己太过分了,有辱领导,怎能用这种态度对待局长呢？他坐也不是,站也不是,一会儿

在办公室里踱着步,一会儿又在走廊徘徊。好不容易,武平才看见潘局长的三位客人从他的办公室出来。

潘局长的三位客人一离开,武平就走进潘局长的办公室。他低着头道歉:"潘局,刚才我太过分了。我不知道你的办公室有客人,你原谅我吧,你大人不记小人过。潘局,你就骂我吧……"

潘局长一言不发,他来到武平的面前,双手搭在他的肩上,高兴地说:"武平,刚才你发火发得很好,真是一场及时雨啊!"

武平抬起头来,两眼看着潘局长,看见潘局长满脸笑容,一点儿也不生气。武平真有点儿丈二和尚摸不着头脑,他是进来让潘局长骂的,真想不到他会说这话。

"武平,你知道吗?刚才那三位是上面的领导,是来考察我的。你那句话,不正说明我是一个两袖清风的好干部吗?我又要被提升了。"潘局长控制不住内心的喜悦,不停拍着武平的双肩说。

"潘局,那你还生不生我的气?"武平担心地问。

"我感谢你还来不及,怎么会生你的气?我还要提拔你呢!"潘局长感激地说。

"潘局,那我再问你一句。我妻子问你有没有跟我借钱时,你为何说没有?"武平不解地问。

"我的老婆就在我的身边,若她追问起钱的去路来,就不好交代了。"潘局长诡秘地说。

"潘局,因你那句话,妻子跟我打了一架不说,还把家里的东西全砸了。"

"没关系,砸掉的东西由我来赔偿。砸了多少东西,你计算一下,给我开一张发票来。"潘局长笑呵呵地说。

半个月后,也就是潘局长被提拔之前,武平真的被提拔为办公室主任,可谓因祸得福。

有恩必报

刚调进 H 局的许庆明，很受邓局长的赏识。有什么美差，邓局长都叫他去办。庆明到局里不到半年的时间，就被邓局长提为人事股的副股长，当时，局里中上层领导都极力反对，但都无济于事。又过了不到半年的时间，人事股的股长因年龄而退了下来，庆明又当上了正股长。事隔三年，年纪轻轻的庆明，又当上了 H 局的副局长。又是不到三年的时间，邓局长的年龄到了，要退下来了。在邓局长的极力推荐下，庆明当上了 H 局的局长。局里有几个人曾问过邓局长为何这样看重庆明。邓局长毫不含糊地说，庆明这人重感情，讲义气，他绝对不会看错眼。

庆明当上了局长，总想方设法回报邓局长这位大恩人，说今后要把他当作自己的父亲一样看待，没有邓局长对他的器重，他根本当不上局长。回报的机会终于来了，邓局长的小女儿邓洁大学毕业回来找不到工作，许局长便把她安排在财务股。许局长对邓洁的提拔，就像邓局长当年对他的提拔一样，虽然阻力重重，但仍然阻止不了他。邓洁直线上升，从副股长做到股长，从股长做到副局长。直到邓洁当上副局长，许局长的心情才轻松多了，认为回报了老局长的恩。有一天，市局来了几位领导，许局长和邓副局长在某星级宾馆一同招待客人。他们从六点钟喝到十点多钟，七个人喝了八瓶剑南春，个个喝得胡言乱语，作为东道主的许局长更是烂醉如泥。客人走了，邓洁扶着摇摇欲倒的许局长说：

"许局长,你喝多了,我开一间房给你休息。"

"不用,我没醉……"许局长话还没有说完,便双脚一软,瘫坐在地上。

宾馆的服务员见状,急忙过来帮邓洁。邓洁和服务员把许局长扶进了一间房间。刚到房里,许局长便大吐起来,邓洁的衣服也被弄脏了。许局长吐后,清醒多了,对邓副局长说:"邓洁,真不好意思,我没事儿了,你可以回去了。"

"许局长,你醉成这个样子,我不能丢下你不管。你先躺一会儿,我先洗个澡。"邓洁把许局长扶到床上,又帮他脱去鞋子,然后盖上被子。

邓洁洗澡那哗哗哗的水声,就像一支节奏优美的乐曲,刺激着许局长一根根欲睡的神经,使他全没有醉意。忽然,水声停了,邓洁光着洁白的身子,站在他的床前。她那迷人的身材,差点儿叫他窒息,许局长看得目瞪口呆,一时反应不过来。邓洁含情脉脉地对他说:"许局长,你对我的帮助太大了,我没有什么回报你的。今晚,你就接受我的回报吧……"邓洁说完钻进了他的被窝。

那晚,他们两位几乎没有合眼。

爸爸今晚上电视

某局组织一次活动,规模较大,乔局长从市电视台请来两位记者,意在对这次活动进行大力宣传。宣传这次活动,无疑就等于宣传自己。电视台的记者一到,乔局长就各给他们送了一个红包。这次活动上,乔局长的讲话很精彩,博得一次次经久不息的掌声。活动结束,一位姓丘的记者握着乔局长的手,说:"乔局长,今天的活动举办得非常成功!晚上八点播出,到时你可一睹你的光辉形象!"

乔局长回到办公室,照了一下镜子,用手摸了一下那梳得光滑的头发,对今天展现的风采非常之满意。乔局长坐到椅子上,习惯性地把两脚架到办公桌上,掏出手机给大儿子打电话:"国强,爸爸今晚上电视,八点整,可别忘了收看市电视台的新闻。"

乔局长给大儿子打完电话,又立即给小儿子打电话:"国雄,爸爸今晚上电视,八点整,千万别错过收看市电视台的新闻。什么?跟女朋友约好了,推后三十分钟还不行吗?是女朋友要紧,还是爸爸的前途要紧?嗯,这就对了。"乔局长接着又给女儿打电话:"艳红,爸爸今晚上电视,八点整,你可别忘了收看市电视台的新闻。什么,你要看《爱情万岁》?是《爱情万岁》要紧,还是爸爸的前途要紧?嗯,这就对了,今晚八点,别忘了。"乔局长开初听到女儿要看电视剧,那脸色一下就黑了下来。

七点三十分未到,乔局长和他的妻子就端端正正地坐在沙发上。乔局长慢悠悠地抽着烟,对妻子说:"等一下你仔细看一看,看我的形象会不会比市委书记、市长他们差。"

"老乔,你要是不在外面乱来,你在我的心目中,别说市委书记、市长,就是省委书记、省长也没有你的形象高大!"乔局长的妻子白了身边的丈夫一眼说。

"我不就那么一回吗?过了那么多年了,你还耿耿于怀。"乔局长也白了妻子一眼说。

八点到了,电视上的新闻节目开播了,首先是市委书记、市长的新闻。乔局长今晚看得特别认真,他总希望与自己无关的新闻

早点儿过去。他左等右等,新闻全播完了,他局的新闻却没播。乔局长生气极了,把茶杯狠狠地搁在茶几上,说:"这电视台真是的,那些鸡毛蒜皮的事情,根本不值得播的都播了,而我局那么重要的事情却不播!"

乔局长打那位丘记者的电话,问是怎么回事。他虽很生气,但还是很礼貌地问:"丘记者,你说今晚播出,怎么没有播出呀?"

"乔局,真不好意思,刚才,我打电话问过编辑。他说今晚的新闻较多,明晚一定播出。"丘记者回答乔局长。

霎时,大儿子、二儿子和女儿都打电话回家,问爸爸是怎么回事,乔局长都一一给他们做了解释,并交代别忘记了明天晚上八点看新闻。

第二天晚上,乔局长和他的妻子又早早地坐在电视机前。电视一出现他局里的镜头时,乔局长就高兴得跳了起来,嚷着对妻子说:"这就是我局的新闻,开始了,开始了!"

但乔局长越看越生气,两眼圆睁,肺都给气炸了。他恶狠狠地说:"太离谱了!"

也难怪乔局长会生气,电视新闻上,自始至终,乔局长只露过一次脸,且一闪而过,而不认真细看,怕还看不到他。而那个傅副局长,从开始到结束,几乎一直出现。还有那些为乔局长鼓掌的热烈场面,经编辑的移花接木后也变成了傅副局长的精彩场面。乔局长实在忍受不了,想把那两个记者骂个狗血淋头。乔局长打丘记者的手机,可丘记者就是不接他的电话,他又打另一位记者的电话,也拒绝接听。乔局长一连打了几次,他们都不接。忽然,他的电话响了,乔局长拿起听筒,听筒里传来了大儿子国强的声音:"爸,今晚的电视是怎么搞的?是你当正局长还是那个姓傅的当正局长?"

"那两个记者不知是怎么搞的,我明天就找他们算账。"乔局长非常气愤地说。

乔局长刚挂上电话,电话又响了。乔局长拿起听筒,听筒里传来了女儿的声音:"爸爸,昨天你有没有参加活动,怎么看不到你?你是不是得罪了记者了?"

"我不是那么好惹的,这事儿我跟他们没完!"乔局长恶狠狠地吼着。

乔局长重重地挂上电话,刚坐到沙发上,电话又响了。乔局长有点儿不情愿地拿起听筒,听筒里传来了人事科胡科长那不满的声音:"乔局,今晚的电视真是气死人了,怎么都是歪嘴老傅的镜头?"

"胡科长,你可别生气,这不能怪记者,他们是按我的意思办的。我跟他们郑重说过,千万别宣传我,要宣传就宣传其他领导。"此时,乔局长尽量心平气和地笑着说。

乔局长的电话还没有挂上,他的手机又响了起来……

这件事儿完全不能怪记者,因为电视台的一位编辑,是傅副局长的外甥。

爱上局长的女儿

因为 H 局的孔局长喜欢我,一个星期前,我从一家公司被调到 H 局上班。孔局长喜欢我的原因,就是看中我那支笔。近几年来,我在市、县报纸发了不少新闻报道,又发了十几篇散文,连

续几年被县报评为优秀通讯员。而孔局长正缺一个会写的,故想尽办法把我调了过去。我到 H 局后,什么汇报材料、局长的讲话稿、公文,全都由我负责。

今晚,我正在家吃晚饭时,孔局长打我的电话,要我吃了晚饭到他家去,为他重新写一份优秀共产党员的材料,后天送省委组织部。原来 H 局办公室曾为孔局长写了一份先进材料,写得不好,被市委组织部退了回来。

我匆匆地来到孔局长家,按了一下门铃,来开门的正是孔局长。孔局长见到我就说:"汉武,我本想不参加评选,哎,都五十多了,什么优秀不优秀,把名利已看得很淡了。汉武,你说是不是?可是,市委那些领导对我十分关心,非要我参加不可。今晚,只好麻烦你了。"

"孔局长,这是好事情嘛。"我高兴地对孔局长说。

"海珠,拿盒好茶下来。"孔局长冲着楼上叫唤,这个"海珠"可能是孔局长的女儿,要不就是他的保姆。前两天,我曾听同事说过孔局长已离婚。

不一会儿,一个二十四五岁的姑娘下来了。她穿着白色吊带连衣裙,那肌肤跟她穿着的裙子一样雪白,丰乳肥臀,她每下一个楼梯,那丰满的胸脯在上下颤动。弯弯的柳叶眉,红红的樱桃小嘴,黑亮的披肩发,她的美貌,我这支笔实在无法更好地形容,我从来没有见过这么漂亮、这么有气质的姑娘。孔局长给我介绍说:"汉武,她是我的女儿,叫海珠。真有意思,你们两个人的名字倒读,都是一个城市的名字。海珠,汉武比你大三岁,你就叫他哥哥吧。他人不但长得帅,而且才高八斗。"

我被孔局长这么一夸,不知如何回答才好,那脸一阵一阵发烧。海珠冲我笑了笑,她这微微一笑,永远定格在我的脑海里。

调动之前,我曾来过孔局长家,可没有见过海珠。

我们一边喝茶,孔局长一边向我介绍他的情况。介绍完毕,孔局长把我带进他那亮丽的书房,对我说:"汉武,多费点儿精神,若是评得上全省的优秀党员,到时,我奖励你。"

我在书房写材料,孔局长和他的女儿在大厅里看电视。我写了不到四百字,忽然,孔局长进来对我说:"汉武,有位朋友打电话叫我出去办点儿事,我去去就来。"

"孔局长,你去吧。"我没有抬头,笔不停地在稿纸上移动。

"汉武兄,你的字真漂亮!"海珠不知什么时候站在我的身后,为我添着茶水。此时,我闻到了一股从来没有闻过的香味,沁人心脾。

"是……是吗?"我心跳得厉害,连续写错了几个字。

"你读了多少年书?"海珠柔柔地问我说。

"16年,中文本科,你呢?"我回答说。

"我?高中。"海珠有点儿紧张地说。

"孔局长怎不让你读大学?"我停下手中的笔,抬起头来问她。

"考不上……不打扰你了,你写吧。"海珠说完便离开了书房。

孔局长这篇三千多字的材料,我写得很顺利,不到三个小时便写好了。我停下笔,刚刚点燃香烟,孔局长便回来了。孔局长拿起我写的材料,边看边不停地点头,脸上露出欣慰的笑容,时不时还赞赏说:"写得妙!写得妙!"

孔局长看完材料,喜形于色,伸出一只手拍了拍我的肩膀,说:"汉武,我没有看错你,你这小子大有前途!"

临走,孔局长又拿了一条中华香烟给我,我不敢接,可他发脾

气了。

那晚,我失眠了,翻来覆去无法入睡。海珠那漂亮的脸孔、迷人的身材,老是在我的眼前浮现,挥也挥不去。

一连几天,我都想着孔局长的女儿,以至吃不香,睡不甜。一天下午,明知孔局长在办公室,为了找海珠说话,我故意打电话到孔局长家去。电话一接通,我便问:"你好,孔局长在家吗?"

接电话的正是海珠,她甜甜地说:"上班去了。"

"你是海珠,你听得出我是谁吗?"我有点儿兴奋地问海珠。

"听不出,你是谁?"海珠的声音是那么温柔。

"我是汉武。"

"喔,是汉武兄。想起来了,想起来了,有空到我家来坐坐。"她听出是我,那口气变得非常热情起来。

"海珠,今晚,我请你吃晚饭,肯赏脸吗?"我大胆地试探她说。

"何必破费。"海珠那声音很动听。

"海珠,请得到你是我的荣幸。你等一下,等我联系好酒店,再通知你。"

"行,那我就不客气了。"

我高兴得心都快跳出来了,想不到海珠这么爽快。我挂上电话,高兴得一跳三尺高,对自己说:"有希望了。"

此后,我又约过几次海珠,每次约她,她都一口答应我。一来一往,我知道海珠很信任我,有什么话都对我说,我俩成了无话不说的好朋友。

一天,省报头版公布了省优秀共产党员名单,孔局长榜上有名。七一前夕,孔局长出席全省优秀共产党员会议。孔局长一走,海珠就叫我到她家去。我到了她家,跪在海珠的面前向她求爱。海珠噙着泪,向我摇了摇头。

"海珠,是不是我配不上你?"

海珠又摇了摇头,两滴泪水从她的脸上滚了下来。

"海珠,那是因为什么?"

"我不是局长的女儿。"海珠看着我伤心地说。

"这没关系,我不是因为你是局长的女儿才爱你的。海珠,你是他收养的?"

海珠没有回答我,她上楼去了。不一会儿,她拿着一张纸下来,把纸递给我,我一看是一张协议书。我看了协议书的内容,惊呆了,双手在不停地发抖。原来,一个月前,海珠跟孔局长签了合同,被孔局长包了五年。

此时,屋内静得很,彼此无言,协议书从我的手里飘落到地上……

未来媳妇

庄小光在白天鹅舞厅认识了一位妙龄姑娘,叫美莲。美莲同她的名字一样漂亮,如一朵鲜艳夺目的莲花,她那修长的身材、丰满的酥胸、漂亮的脸蛋、银铃一般的声音,实在叫男人着迷。她走到哪里,男人的眼光便跟到哪里,她成了舞厅里一个亮点,不少人无话找话跟美莲打招呼。庄小光费了不少心思才套住美莲。平时,不知有多少姑娘主动追小光,可这次,小光这个情场上的老手可追得够累了。小光跟美莲接触的第一天,就郑重向她介绍说,

他爸爸是一位财政局长,他自己在市政府工作。

　　一个周末,迷人的灯光,优美的旋律,小光搂着美莲的蜂腰,在舞池里翩翩起舞。小光看着笑容可掬的美莲说:"美莲,到我家坐一坐怎么样?"

　　美莲微笑着对小光点了点头。

　　小光把美莲带回他那富丽堂皇的别墅式楼房,那高档的装修、名贵的家具,使美莲看得眼花缭乱。最后,美莲的眼光被大厅的那幅《梅花》国画吸引住了。小光的母亲见她凝视着关山月的画出神,便上前说:"这是人家送给我们的,如今,这幅画至少值十万元。"小光的父母见儿子带回美若天仙的姑娘,高兴得合不拢嘴。第一次见面,小光的母亲为了表示对美莲的喜爱,但更多的是想显示家庭的富有,竟拿出了一条贵重的项链给美莲,要帮美莲戴上。美莲不肯接受,说:"伯母,这我可受不起,你的好意我领了,你留着自己用吧。"

　　"美莲,这是人家送我的,我还有好几条,你若看得起伯母,就收下吧。"小光的母亲见美莲不收,脸显愠色。

　　"伯母……"美莲难为情地叫了一声。

　　"来,我帮你戴上。"小光的母亲不容美莲说什么,已帮美莲戴上项链。她端详了一会儿,露出笑容说:"太美了!"

　　美莲被小光的母亲这么一夸,两颊绯红起来,不好意思地低下了头。

　　从此以后,美莲就成了小光家的常客,且是最受欢迎的一位。小光每隔一两天就把美莲带回家来,有一个晚上,因天下雨,美莲没有回家,在小光家过夜了。小光的母亲问起他俩的事情时,小光告诉母亲,美莲已答应嫁给他。美莲很勤快,每次到小光家来,都做这干那,博得了小光父母的欢心。尤其是小光的母亲,对这位未来的儿媳妇疼爱有加。

一个星期天,小光出差还没有回来。美莲来到小光家,只有小光的母亲在家。小光的母亲留美莲在家吃午饭,要去市场多买点儿菜。美莲对她说:"伯母,我又不是别人,干吗那么客气?随随便便就可以了,不用去买菜。"

美莲说完就拿起拖把,拖起地板来。小光的母亲见美莲拖着地板,就说:"美莲,我买菜去,中午,你伯父也要回来吃饭。"

"伯母,我说随随便便就行。"美莲边干活儿边说,她那甜蜜的话语,使小光的母亲心花怒放。

小光的母亲买了不少菜,她回到家后,轻轻地叫了一声:"美莲。"

美莲没有回答她,她又叫了几声:"美莲,美莲……"

屋里根本没有美莲,大厅里的《梅花》也不见了,房里的柜子都被打开了,小光的母亲感到不妙。她打开柜子,三十多万元现金、贵重首饰、名贵书画等都不翼而飞了。小光的母亲大叫一声"坏了……",便双脚一软瘫在地上,什么也不知道了。

小光的母亲醒来后,立即给丈夫打电话。不一会儿,小光的父亲回来了。小光的母亲流着泪,伤心地说:"真是知人知面不知心,谁会想到那么漂亮的姑娘是一个贼。现在,你说该怎么办,赶快报警吧?"

小光的父亲没有回答她,一口接一口抽着烟,在屋内徘徊,那脚步声如隆隆的炸雷,敲在小光母亲的心上。小光的父亲把大半截香烟扔在地上,说:"不能报警。报警,我这个财政局长就完了。"

"那……那咱们至少损失七十万元,呜……"小光的母亲伤心地哭了起来。

孽　情

　　赵笑天终于摆脱了那位难以摆脱的白灵,其实,他跟白灵断绝关系是不得已的。白灵年轻、漂亮、聪明,在他爱过的女人当中,就数她最优秀。半个月前,老婆已经跟他摊牌了,她请了私人侦探,知道了他和白灵的关系。后来,赵笑天答应老婆,一定和白灵断绝关系。赵笑天跟白灵断绝关系谈何容易,说了几次,白灵都不同意,寻死觅活,她深深地爱着他。他给她多少钱她都不要,她说她就是要他的人。

　　万般无奈之下,赵笑天收买了白灵身边一个和白灵要好的男人,那个男的把白灵灌醉后,把她强奸了。就在此时,让赵笑天"撞见"了。现在,还有什么话可说呢？赵笑天对白灵大发脾气之后,就这样断绝了关系。

　　天飘着小雨,可赵笑天今天的心情很好。他吹着口哨健步来到公司,员工跟他打招呼,他也笑着回应,平时,他是连理也不理的。忽然,赵笑天看到了白灵,大吃一惊:白灵怎么来他的公司了？赵笑天走上前,冷冷地问:"你怎么来这里了？"

　　白灵对他鞠了一躬,很礼貌地回答:"赵董,我怎么不能到这儿来？我是公司的员工。"

　　"谁叫你来的？"赵笑天又冷冷地问了一句。

　　"赵总……"白灵还没有说完。

　　"爸爸,爸爸,是我叫白灵来的。"赵海杰跑过来,对赵笑天说。

海杰说完,又把嘴靠近父亲的耳朵小声地说了一句什么。海杰的声音那么小,再没有第二个人听得到,可把赵笑天吓得脸都白了。

"你到我的办公室来。"赵笑天对儿子说,他走后还回过头来,狠狠地剜了白灵一眼。白灵神态自若,嘴角边露出了一丝浅浅的笑意。

赵海杰跟父亲走进办公室,赵笑天一言不发地坐在沙发上,瞪着儿子问:"你刚才说要娶她?"

海杰看到父亲的那副表情,小心地说:"是,爸爸。白灵太聪明了……"

"住口!"赵笑天把从衣袋里掏出来的香烟狠狠地摔在茶几上。

"爸,你怎么了?"海杰十分不解地问父亲。

"我不同意,我们怎么能娶这种女人?"赵笑天对儿子发着火,接着,他的口气又变得温和,"海杰,我忘了告诉你。前天晚上,我跟红星集团的徐总一起喝酒,他答应我把他的女儿嫁给你。你应该认识他的女儿,也应该知道,红星集团是他的女儿在顶半边天……"

海杰不客气打断父亲的话,说:"爸爸,我太爱白灵了!"

"混账东西!"赵笑天拍起桌子来,压低声音吼着。

"我非白灵不娶!"海杰也生气地顶了一下父亲。

"你要娶她,我就跟你断绝父子关系!"赵笑天威胁儿子说。

"那好。那我现在就带她走!"海杰站了起来说。

赵笑天想了一会儿,说:"你出去,把白灵给我叫来。"

海杰出去了,白灵进来了。白灵进了办公室,大摇大摆地坐在沙发上,还翘起了二郎腿,全不把赵笑天放在眼里。此时,办公室静得出奇,气氛似乎凝固了。赵笑天瞥了她一眼,问:"你知道

海杰是我的儿子吗?"

"知道。"白灵看了他一眼说。

"那你是在报复我?"

"我不知叫你赵董,还是爸爸,或是叫你宝贝。你可别把话说得那么难听,我们就快成一家人了。"白灵满不在乎地说。

"你离开他吧,我给你五十万元。"赵笑天对白灵说。

"哼。"白灵站了起来,用手摸了摸肚子说:"我肚子里的孩子不能没有父亲。不过我也搞不明白,肚子里的孩子不知是叫你爸爸,还是叫你爷爷,或许是你叫那个强奸我的人留下的。他告诉我了,你太卑鄙了!不然,我也不会这么绝。"白灵说着说着,也流出了伤心的泪水。

忽然,门被打开了,进来的是赵笑天的老婆。赵笑天的老婆看到白灵,那眼睛一下子红了起来。她扔下坤包,快步向白灵走去,口里骂着:"你这个狐狸精……"

于是,两人扭打起来,赵笑天怎么制止也无济于事。她俩打得难分难解时,赵海杰走了进来。当赵海杰听到母亲说白灵是爸爸的情人时,他双脚一软瘫在地上,就什么也不知道了。

赵海杰在医院醒来后,谁也不认识了,老是在傻笑……

收废品的父亲

何大山的儿子读大学出来,经过考试进了县文联。因母亲早逝,父亲一个人在山里,儿子便把父亲接到了县城。开始,何大山说什么也不去,可他的儿子就是不肯父亲一个人待在山里。大山来到城里,无事可做,整天闷在屋里。一天,大山对儿子说要去收废品。儿子不肯,他说他可以养活父亲,这次大山没有听儿子的,他非要出去不可。儿子没有办法,只好随父亲了。

大山在城里一干就是一年多,且收入挺不错,不比儿子的工资少。一次,儿子向父亲要五千元,说要出一本诗集,他的钱不够。两个月后,大山走进中学的教师村收废品。有一位女老师从家里拿出许多旧报纸,还有几本旧杂志。忽然,一本新书从报纸里溜了出来。这本新书就是他儿子的诗集,上个星期才出版的。大山拾起儿子的诗集,见扉页上还题有儿子的亲笔字,便递给女老师说:"老师,这本书是新的。"

女老师没有接他的书,摇了摇头,说:"新书还不如旧报刊,看都看不懂,简直是浪费纸张。"女老师说完,又接着说,"这些人也真是的,吃饱了撑的,写什么诗。"

大山很不好意思,好像女老师是在奚落他似的,他的脸红到脖子。在另一户,大山又收到了儿子的一本诗集。大山拿着儿子的诗集,说:"老师,这本是新书。"

"不要,书橱又放不下。"那位老师回答他。

"是不是写得不好?"大山又问了一句。

"这也叫诗,那人人都是诗人了。"老师答非所问,那口气似乎还很生气。

此时,一位七十有余的老人从楼上下来,对大山说:"给我看看。"那位老人接过大山手里的书,翻开看了看,说:"文笔还挺清秀。"

这天,大山在教师村收到儿子的 11 本诗集。这 11 本诗集当废纸卖给他,就说明儿子的水平了。他踩着三轮车,心里很不是

滋味。他想到儿子拿到他的诗集时,是何等高兴啊,那情景仍像刚发生一样清晰。能把这事儿告诉儿子吗?不行,儿子要是知道,一定会受到沉重的打击。但这个念头很快又被他打消了,还是要告诉儿子,不告诉他,儿子怎么知道他写的诗人家不喜欢。那又应如何跟他说起呢?

"啊……"大山因考虑这个问题,忘了看路,三轮车翻倒在路边,人也从三轮车上摔了下来。大山回到家里,儿子还没有下班,儿媳在医院陪她的母亲没有回家。他坐在沙发上紧锁着眉头,默默地抽烟,屋内弥漫着烟雾。他总是想着这个问题,该如何向儿子说呢?忽然,他猛拍了一下大腿,高兴地叫道:"对,就这样对他说。"

吃晚饭了,儿子给父亲倒了一杯酒,也给自己倒了一杯酒,父子喝得很痛快。酒过三巡,大山看着儿子问:"阿牛,你还记得你八岁那年,从牛背上摔下来,把左脚摔断的事情吗?"

"当然记得,这怎么会忘记呢。爸,你问这干吗?"阿牛用不解的眼神看着父亲问。

那年,阿牛的脚摔断后,大山请来了一位接骨的先生。想不到这位先生把他的骨接歪了,使他成了一个跛子。这可把大山急坏了。后来,大山又另请了一个医生。医生看了阿牛的脚,说:"要么把他的脚敲断重新接,要么就这样成为一个残废的人。"大山当然选择前者,同意把儿子的脚敲断再接。那位医生很残忍,不说一声就把阿牛的脚敲断了,阿牛惨叫一声,当场昏了过去。阿牛醒来,老是骂着医生他娘。第二次,那位医生接得相当成功,现在,一点儿也看不出来了,阿牛还成了一个大家公认的美男子。

大山喝了一口酒,笑着说:"当时,你老骂医生他娘。"

"爸,那时年幼无知。后来,我就知道错了,非常后悔。要不是那位医生,现在,我就是一个残废的人。"阿牛回答父亲。接着,阿牛很有感触地说:"没有那场痛苦,我现在就不是这个样子了。"

"儿子,你真的这么认为?"大山看着儿子问。

阿牛看了看父亲,知道父亲一定有事儿,便问:"爸,你究竟有什么话要对我说?"

"阿牛,我就是有事儿要告诉你。你知道吗?今天,我收废品,收了你的十多本诗集。人家都说你的诗写得不好,当废纸卖给我了。"父亲看着儿子说。

"啊!"阿牛吃惊地叫了一声。

不一会儿,阿牛就端起了酒杯。他知道父亲的用心良苦,感激地说:"爸,谢谢您!来,干一杯!"

父子一碰杯,把酒一饮而尽。大山把酒杯重重地搁在桌子上,对儿子说:"我相信你,今后,你一定能写出大家喜欢的诗!"

情人与妻子同名

因工作需要,我从 A 局被调到 B 局的办公室。办公室一位漂亮的女同事跟我的妻子同姓同名,叫唐碧萍。说实在话,我很疼爱妻子,我叫她的名字总是叫得非常亲昵,非常温柔,非常亲热,而且叫习惯了。而在叫女同事的名字时,我总是改不过来。因而女同事碧萍见我对她称呼得那样甜美,而称呼其他的同事却截然不同,便对我十分有好感。没多久,我跟碧萍的关系就很不

一般了，因而，也就没有必要再去改那种亲昵的叫法。我当然也清楚，跟碧萍相好得那么快，离不开我对她名字的甜美叫法。

有一个晚上，我请碧萍吃晚饭，她欣然答应。吃饭时，她夹了一些菜放在我的碗里，两只丹凤眼看着我问："林良，你初来乍到，就用那温存的口气叫我，当时，我好感动，我的父母、姐妹也没有那样叫过我。你的每一声'碧萍'，都叫得我心花怒放，我心里像吃了蜜糖一样。"

"我也感到奇怪，对你怎么会'低三下四'，也许是你太漂亮的缘故吧。"我看着碧萍微笑着说。我才不那么傻，当然没有说出她跟我妻子同名的事情。

不到一个月时间，我和碧萍深深地相爱了，爱得如痴如醉，总是花前月下，卿卿我我。天天上班相见，一下班见不到碧萍，内心就感到空荡荡的。为了多见一眼碧萍，每天我都是第一个上班，最后一个下班。由于我"表现好"，我成了洪局长表扬的对象，每次开会时，他都说我工作积极，要求大家向我学习。不久，又把我提为办公室副主任。

局领导对我好，情人对我更好。日有所思，夜有所梦。半夜三更，妻子常常被我的呼喊声吵醒，她被吵醒后，总是搂着我亲了又亲，有时，被感动得流泪。妻子以为我在梦里叫"碧萍"是在叫她，她真是自作多情。我的心早已被情人占去了，她一点儿也不知道，这样也好，我也来个顺水推舟。在妻子的心目中，我成了一个对她念念不忘的好丈夫。妻子在亲戚朋友面前倍感幸福，说她嫁了一个好丈夫。

一年后，想不到情人和别的男人相好了。如果是好聚好散，我倒也没什么好说的。可她竟叫那个男人把我毒打了一顿。我实在受不了这个气，到处找她，她却避而不见，连工作也不要了。

一天夜晚,妻子被我的噩梦惊醒,她醒后,把我叫起来,一脸惊讶地问:"林良,你做噩梦了?"

我装作糊里糊涂地问:"我做梦又把你吵醒?"

"林良,在梦里,你恶狠狠地骂道:'碧萍,你背叛了我,我要宰了你……'林良,你怎么会做这种梦?我怎么会背叛你呢?难道你还不理解我对你的一片忠心?你对我那样好,我高兴还来不及呢。睡吧,别胡思乱想。"妻子既是在对我说着内心表白,又是在安慰我。

噩梦醒来以后,我再也睡不着了。幸得情人与妻子同名,要不,后果不堪设想。

绑 票

上午下班回家,梅娟掏出钥匙开门时,心里咯噔一下,暗暗地叫了一声"坏了"。门锁怎么没有上锁?她上班时,明明把门锁了。梅娟急忙走进屋内,几个房间都没有发现被动过的痕迹。她又松了一口气,难道是丈夫回家后,忘了锁门?顷刻,梅娟的脸变得苍白。金狮不见了,歹徒肯定绑架了金狮。她每一次回到家,最先听见的就是金狮的声音。金狮是丈夫从意大利带回来的名狗,这狗头如雄狮的狮头,十分漂亮,前年买时,就花了八十五万元。那时才四十天大的狗崽子,经过两年多的精心饲养,如今,成为一条人见人爱的名狗。全家把金狮视为掌上明珠,尤其是女儿,把金狮看得比自己的生命还重要,放学一回到家,就狗不离

手。有好几位富爷出两百万的天价要买,他们都不卖。梅娟掏出手机,急忙打丈夫的电话,电话一接通,梅娟就凄惨地叫道:"孙彦明,不好了,金狮不见了。"

"啊!"孙彦明失声喊叫了一声,就把电话挂了。

不到十五分钟,孙彦明就风风火火地赶回家了。他问:"你报警了吗?"

"没有。"梅娟回答丈夫。

孙彦明拿出手机正想报警时,他的手机响了。接通电话,传来了一个陌生人的声音:"你好,你就是孙总吗?"

"我就是孙彦明,你是哪位?"孙彦明尽量平静地问。

"哈哈……我是谁并不重要,重要的是,你那条金狮在我的手里。"那人阴阳怪气地说。

"你想怎样?"孙彦明又问了一句。

"孙总,我们什么都不想,就想钱。"

"你要多少?"孙彦明问他。

"不多,五十万元。"

"一条小狗值五十万?"

"你别当我们是傻瓜。你要狗还是不要狗?"那人有点儿不耐烦地问。

"我要,我要。"

"你要是报警,连狗的尸体你也见不到。我们买两瓶酒,把金狮的骨头也吃进肚子里。"

孙彦明一听害怕了,急忙说:"你们可别胡来,我不报警。"

"那好,把钱准备好,等我们的电话。"那人说完,把电话挂了。

孙彦明坐在沙发上,梅娟就问他:"报不报警?"

"还是不要报警吧。"孙彦明回答妻子。

家里没有那么多现金,孙彦明只好出去了。一点三十分,孙彦明的手机又响了,是另一个号码。他接通电话,还是那个人的声音,他很客气地说:"把钱带上,车往北二环开,我们会给你电话提示的。你要是敢跟警方联系,过几天,我们就把金狮的狗毛寄给你留念。"

"我说不报警就不报警。"孙彦明重申了一句。

在对方电话的提示下,孙彦明把车开到一片荒野上停下,离他五十米的地方停着一辆面包车。孙彦明打开车门,把钱提了下来,向那辆面包车走去。不一会儿,那辆面包车的车门打开了,车上走下来两个人,后面的那个人双手抱着金狮。金狮看见它的主人,还朝他叫了几声。他们的距离剩下二十米时,走在前面的那个人对孙彦明叫道:"把钱放下,往后退十步!"

孙彦明按他的话做了,那人来到那袋钱前,打开袋检查了一下,对他的同犯叫道:"没假,全是钱。"

抱狗的人把狗放了下来。金狮被放下来后,他们都看得目瞪口呆。金狮不是向孙彦明奔来,而是跑回那辆面包车,无论孙彦明如何呼叫它,金狮就是不回头。金狮很快就跳上了面包车,孙彦明感到奇怪,难道……不可能吧?金狮的反常,让孙彦明很快就肯定了他的判断,他冲着面包车叫道:"孙秀莹,你给我出来!孙秀莹,你给我出来,滚出来!"

没过一会儿,一个女孩子从面包车上走了出来,金狮也跟着她出来。那个女孩子叫孙秀莹,是孙彦明的女儿,高二年级的学生。孙彦明看到女儿,气得差点儿昏过去。他立即拿出手机,想要报警。刚才抱狗的那个歹徒,看到孙彦明突然拿出手机,意识到不妙,一不做二不休,几步跑到孙秀莹的身边,左手勒着她的脖

子,右手拿着尖刀,对孙彦明威胁道:"你要是报警,我就白刀子进,红刀子出!"

"爸爸,我错了,我错了,你就原谅我吧。千万别报警……"孙秀莹流着泪水求饶说。

孙彦明看着女儿,心软了下来。那人对孙彦明叫喊:"快把你的手机扔过来,听见没有?"

孙彦明不得不把手里的手机扔了过去,那个拿钱的歹徒把地上的手机拾了起来。他们又把秀莹身上的手机搜了出来,才把秀莹放了。之后那两个歹徒上了车,开着车跑了。

孙彦明的车上还有一部手机,他快步走回车里,拿起手机立即报警。此时,孙彦明不能再糊涂了,他要把女儿送进公安局自首。由于报警及时,不到一个小时,那两个歹徒就被公安抓获了。

战　友

黄昏时分,我接到张建超战友的电话,说几位要好的老战友聚会,要我过去。我一问,有当部长的,有当局长的,有当镇长的,也有当公司老总的,我说不去,张建超不肯,非要我去不可,我只好答应了。

有的战友已好几年不见,大家相聚,其乐融融。张建超叫战友,不是叫战友的名字,而是叫他们的头衔。比如叫组织部的鲁东兴,就叫鲁部;叫教育局的孙永雷就叫孙局;叫金马房地产的黎文良,就叫黎总。而我直呼其名,该叫东兴时,就叫东兴,叫文良时也没有叫黎总。

酒喝了一瓶又一瓶,随着酒瓶的增多,我看到几位战友对我的脸色不一样了,没有刚到时那样热情。我心里想,难道我喝多了,说话失口了?我是喝了不少,但还不至于糊涂到那种程度,有失口,也不会得罪那么多人呀!究竟是怎么回事,我自己也想不明白。

好不容易结束了,我和张建超走在最后,我有点儿不解地问:"建超,今晚,我有没有说错话?那几位战友的表情,怎么前后不一致?"

"徐杰清,你怎么能直呼其名?是部长叫部长,是局长称局长,这一点可不能含糊。你一而再再而三叫人家的名字,人家当然不高兴。"建超拍着我的肩膀说。

听建超这么一说,我才知道我犯了什么错误。我还是解释说:"建超,咱们这是战友聚会,叫战友的名字,不是更显得亲热吗?叫那些官名,挺别扭的。"

"徐杰清,你错了。叫者别扭,可听者舒服啊!多叫几句,以后就顺口了。以前,我也像你一样吃亏了。徐杰清,今后你……"建超话还没有说完,他的手机就响了,他对我说:"我先接个电话。"建超一看手机的来电显示,恭恭敬敬地说:"孙局,您好!有何指示?"

"用不用叫我的司机送你回家?"孙永雷问他,手机的声音很大,我听得清清楚楚。

"不用,不用,谢谢孙局。"建超感激地说。他说完又对我说了一句:"是孙永雷的电话。"

"徐杰清,你我才是真正的战友,你叫我张建超,我叫你徐杰清,你叫我的小名野狗也无所谓。什么时候也不会跟着地位的改

变而发生改变。杰清,我说一句不该说的话。如果你什么都没有,那什么同学情、战友情、夫妻情,也都没有,人以群分啊!一旦你当了官,或钱多,什么人会没有?男人女人围着你转,前呼后拥。这是我多年来总结出来的经验。"张建超很是感慨地说。不一会儿,他又说:"话说回来,有的战友还是有战友情的。"

"建超,你说得很对。"我很有感触地对他说。

分别时,张建超紧紧地拉着我的手,说:"杰清,有什么事情,打我张建超的电话,别把我跟他们同样看待,我们是真正的战友。"

建超走了,我望着这位战友的背影消失在黑夜中……我心中不解,我们几位战友虽没有在战场上同生共死,但也一同流过汗、吃过苦,何必这么在乎一个称呼?以后,像我这样没有地位的人,还是少跟他们来往。

真想不到,半年后,张建超当选为镇长了。我打电话祝贺他时,他很高兴,末了,他还对我说,有事儿就打他的电话。这样看来,在那帮当官的战友中,能直呼其名的只有张建超了。张建超当镇长一个多月后,请我吃饭,又是一帮战友。我认为建超是一位真正的战友,冲着他,我欣然前往。

在酒桌上,我叫了几次张建超的名字,张建超的脸色就不一样了。有一次,我叫他,他还不理我。有了上一次的深刻教训,我知道他为什么不高兴了。最后,我大声地叫了他一声:"张镇……"

张建超喜形于色端起酒杯,要和我干杯,我则把酒杯一扔,愤愤地走了……

破碎的手镯

五一节,局里组织大家到北京旅游。到十三陵时,同事们都看中色泽柔美的手镯,这手镯的确美丽。秘书股吴股长建议都给妻子买一只,这一建议得到了一致赞成,每人花四百七十元买了一只。我想多买一只,但要是人家一问,我就无法回答,就露了马脚,所以也就不敢多买了。

可是,我只买一只手镯,是送给情人还是妻子呢?我这个人,并不是那种坏透了的、有了情人忘了妻子的男人。平时,我买东西都是一式两份,情人有的,妻子当然也有。情人和妻子的身材差不了多少,高矮、肥瘦都差不多,所以,买衣服什么的,只是颜色不同而已。我买回的东西,都是让情人先挑选,另一件才给妻子。从这一点也可以看出,我还是偏向情人。我想来想去,这只手镯还是送给情人。妻子嘛,买其他东西送她。可是,从北京回来,再没有买到其他东西了。并不是我不想买,而是没有合适的。在这个旅游点买不到,总想到下一个旅游点再买,就这样给耽误了。

我回到家,妻子桃花十分高兴,问这问那。我看了看桃花,抱歉地说:"桃花,这次我到北京,没有买一件东西给你,真不好意思。"

"我可不是那种买了东西给我才高兴的人。"桃花通情达理地说。

晚上,月亮很圆很亮,我约情人菊花在老地方见面。菊花比

我先到,她一见到我,就双手搂着我的脖子,吻了又吻,说:"李毅,想死我了,你终于回来了。"

"菊花,我也很想你,真的。"我不无动情地说。

"李毅,这次去京城买了什么东西给我?"菊花放开我,看着我问。

我从衣兜里掏出那只手镯,递给她问:"菊花,喜欢吗?"

菊花接过手镯,惊喜地叫了一声:"真美!"

我正想去搂她时,突然,菊花恶声恶气地问我:"怎么就一只?好啊,让你的老婆挑走了?你把我当作什么人看待?"

"菊花……"

菊花打断我的话说:"现在,我终于看透你了,说什么我才是你生命的真爱,见鬼去吧。"

"菊花,我只买了一只,没有买给她。"我向菊花解释说。

"我不信!"

菊花不听我的解释,把手镯塞还给我,扬长而去,我呆呆地看着她远去,一直到她的背影消失在夜幕里。

我拿着手镯,默默沉思。我每次买东西,都是让情人先挑的,而妻子的都是她所不要的。可这次,没有买给妻子,只为她而买,反而成了这个结局,闹得不欢而散。女人真叫人捉摸不透,她们是一本本难读的经书。

当我来到家门前,掏出钥匙准备开防盗门时,从家里传出了几个女人的声音。

"桃花,李毅说没有买手镯?我老公说,局里的人个个都买了一只,可能是李毅送给情人了。他回来后,你得好好追问。"这是楼上林伟深妻子的声音。

"你们不清楚,李毅可不是这种人。"桃花在为我辩护。

"那他的手镯哪儿去了?"这是吴股长妻子的声音。

她们正七嘴八舌谈论着这件事,此时,我不能开门回家,若她们一追问起来,我该如何回答?我得想个办法对付,不然,就麻烦了。我转身,轻手轻脚下楼了。

我琢磨来琢磨去,想出了一个不是办法的办法。我掏出手镯,把它摔在地上,手镯摔成了好几段。

这次,当我回到家里时,其他女人已经走了,桃花见我回来,心平气和地问:"李毅,听说你们局每一个男人都买了一只手镯,是真的吗?"

"真的。"我若无其事回答说。

"那你的手镯哪儿去了?"桃花非常平静地看着我问。

"我……"我故意不把后面的话说出来。

"你送给谁了?"桃花又问了一句,脸色有点儿紧张。

"你怀疑我是不是?"

桃花不置可否,想说是又不敢,想说不是也不敢。

"我谁都没有送,是我不小心把它摔断了。"我从衣袋里掏出摔成几段的手镯说。

"那你咋不早说呢,我还以为你送给情人了。"桃花长长地舒了一口气。

"我要是说了,一只手镯四百七十元,你会心疼好几天的。平时,你打破一只碗,都心疼得流泪。我想还是不告诉你为好,免得你伤心。想不到你反而怀疑我,真是狗咬吕洞宾。"我装成十分委屈的样子,无不伤心地说。

容易哄骗的桃花高兴地进房间睡觉了。可我却两眼瞪着茶几上几段碎手镯,开始深深地反省自己……

赵主任

月兰在一次跟同事的交谈中,谈到男人与女人之间的一些问题。有一同事说,她在丈夫的电话簿里查出了情人的电话,不少男人都把情人的电话记在电话簿里。她将信将疑,回家后见丈夫的一本电话簿放在书桌上,便拿起来,认真检查电话簿里是否有其他女人的名字。电话簿里,除了她认识的亲戚、朋友、同事的名字,没有一个陌生女人的名字。但她发现倒有好几个官职不小的人的电话,什么赵主任、李局长、刘书记等。月兰看到这些名字,有点儿高兴,觉得丈夫变了,以前,丈夫有个怪脾气,很少跟当官的联系,以致干了十多年,至今还是一个一般干部,连个副股也捞不上。

第二天,月兰上班,几个同事又在胡扯,扯来扯去,又扯到男人的身上。一个叫莹的同事忽然问月兰:"月兰,你有没有查过丈夫的电话簿?"

"昨晚我查了,他的电话簿里没有一个陌生女人的名字。"月兰有点儿自豪地说。

"真的?听人说,有人看见你丈夫常跟别的女人在一起,你可要小心,男人是很狡猾的。"莹又提醒她说。

"他的电话簿里尽是些'赵主任''李局长''黄经理'之类的人的电话。电话簿里找不到,那你说说如何查他?"月兰两只眼睛原本就够大,她一睁大眼睛,显得更大。

"'赵主任''李局长'?问题就在这儿!我的丈夫也搞这些

名堂,我怀疑这些'主任''局长''书记'就是某某女人的代号。"莹擂了一下桌子,激动地说。

"什么意思?"月兰有点儿不解地问。

"现在的男人,不记女人的名字了,他记什么"主任""局长""老板"之类为代号,我们这帮傻女人就不怀疑他。要是他记了女人的名字,不是胆子太大了吗?"

"啊!"此时,月兰的眼睛睁得更大了。

"月兰,你的声音很像男人的声音,一般人是听不出来的。你试试看,看看那些'主任''局长'是男是女。"莹对月兰说。

夜已深了月兰的丈夫金锋才回来。他洗澡时,月兰拿出他的电话簿打了"赵主任"的手机,手机很快接通,传来的真是一个女人的声音,那声音娇滴滴的:"你好,我是赵丽丽。"

"丽丽,你还没睡?"她说话没有张开口,那声音根本听不出是一个女人的声音。

"你是……"

"我的声音你也听不出?我是金锋。"月兰冒充丈夫说。

"是锋哥,声音怎么有点儿不像?我还以为是谁呢。锋哥,这么晚了,找我什么事儿?""赵主任"的声音很甜。

"我好想你。"

"我也好想你啊,你说国庆节带我去旅游,不会骗我吧?"

"不会。"

"锋哥,你出来吗?"

"我那个老东西盯得很紧,拜拜。"月兰很气愤,想跟丈夫大吵大闹一场,但她还是忍了下来。

金锋洗完澡出来,见妻子还没有睡着,便说:"月兰,国庆节,赵主任和我同事几位要出去旅游。"

月兰强忍着怒气,看了看面前的丈夫,要不是刚才的电话,她无论如何也不相信丈夫会丢下她,跟他的情人去旅游。这世态,这人情,多么悲凉。月兰平静地问:"什么时候换了新主任?是男是女?怎么未听说?"

"当然是男的,这位赵主任对我可好了,他准备把我提为财会股股长。"

"金锋啊金锋,你太令我失望了,你究竟想把我骗到什么时候……"月兰再也说不下去了,泪水夺眶而出,她嘤嘤地哭了起来。

"你怎么了?"金锋被这突而其来的变化弄糊涂了。

此时,月兰哭得更加伤心,她怕哭出声,顾不了枕头巾卫生不卫生,紧紧地咬住枕头巾。

"你说说,我骗你什么了?"金锋又问了一句。

月兰擦了擦泪水,走到电话前,按了免提键,又按了一下重拨键,电话很快又接通了,传来"赵主任"那甜甜的叫声:"锋哥,是不是想我,又睡不着了?"

月兰抬起泪眼盯着金锋,金锋无言以对,不敢正视她的目光,低下了头。

女秘书

以前,我出差都是独来独往。想不到这次到广州谈生意,董事长(也是我的妻子)谢海英会叫新来的女秘书陶晶晶跟我一同前往。陶晶晶才貌出众,是某名牌大学的本科毕业生。我对董事长说:"我自己就行。"

"这次的生意只许成功,不许失败。一个漂亮姑娘,肯定会助你一臂之力。"董事长认真地对我说。董事长的父亲是香港某集团的总裁。我能攀上总裁的千金,是总裁对我的赏识,我原是公司的一名小员工。

"这么漂亮的女秘书,跟我出差,你可别后悔。"我开玩笑地说。

董事长笑了笑,若无其事地走了。

我和晶晶到了广州,住进了一家高级宾馆,各开了一间房。晶晶把旅行箱放进她的房间,就迫不及待地来敲我的门。她两眼含情脉脉地望着我,对我说:"周经理,老天终于给了我一个机会。我一到公司,就知道你是一个人才。我对你先是敬重,而后又深深喜欢上了你。周经理,你知道吗?"

晶晶的一席话,实在出乎我的意料。我有点儿语无伦次地说:"晶晶,你胡说些什么?"

"周经理,我真的好喜欢你。"晶晶那两只明亮的眼睛凝视着我,风情万种。

"你难道不知道我是有妇之夫吗?"我严肃地对她说。

"我难道比不上那个黄脸婆董事长……"

"你给我住口!"我愤愤地对她说。

晶晶看了看我,失望地走出了我的房间。半夜,我被电话吵醒,晶晶要我开门。我打开门,她只穿着内衣,的确很性感。她从门外很快闪了进来,有点儿惊慌地对我说:"周经理,我一个人有点儿怕,老是睡不着,我就在这儿睡吧?在这里,只有你知我知。"

"不行。既然这样,我叫一个小姐陪你睡,你过去吧。你再

不听话,我炒你的鱿鱼。"我一本正经地对她说。

晶晶无奈,又走出了我的房间。

第二天,我们的生意谈得很成功。在这次交易中,晶晶表现得很出色,功不可没。她才思敏捷,反应迅速,应变能力极强,连对方也对晶晶大加赞赏。我和晶晶回到公司,在董事长的面前,我大夸了晶晶,董事长听后非常满意,重奖了晶晶。

以后,我又和晶晶到过上海、天津、长沙等地。每次出差谈生意,无不成功。董事长的话说得很对,有一个漂亮姑娘,往往事半功倍。但遗憾的是,晶晶仍不放过我,老是缠着我不放。我真担心有一天我的防线会被她冲垮。我清楚她是一个难得的人才,故不敢过分教训她,只是耐心地引导她、开导她。

前几天,我和晶晶到西安时,晶晶对我的态度变了,她承认了她的过错。她对我说:"周经理,以前都是我的不是。从此,我再不会对你无礼了。你在我认识的诸多男子中,是一个非常少见的正人君子,我从心底里佩服你!"

听到这话,我非常高兴。从此,晶晶再没有骚扰过我,我也把晶晶当成自己的亲妹妹一样。

昨天从福州回来,今天一早,晶晶递了一份辞职报告给我说:"周经理,我决定辞职,请签名。"

我一听愣了,好久才反应过来,问:"晶晶,干得好好的干吗辞职?你是不是嫌待遇低,或是我无意中得罪了你?"

"不!是因为你对我太好了。"

"你说什么?我给你弄糊涂了。"我更是莫名其妙。

"我不想让你这个好人一直被蒙在鼓里。你知道吗?以前,我一直在充当一个不光彩的角色。我之所以对你那般无礼,是因为你的董事长妻子要我那么做。她是在试探你,我若搞到你,她给我二十万元的报酬,而把你一脚踢开。一个阴险莫测,一个忠厚老实,人啊人!"

"你说的是真的吗?"我惊愕地看着她问。

"这是她的窃听器,我们在外说的每一句话,她都听得清清楚楚。"晶晶把一枚小小的窃听器放在我办公桌上。

我拿起窃听器看了又看,然后拿起笔在晶晶的辞职报告上签上了"同意"两个字。

晶晶走后,我也毫不犹豫地打了一份辞职报告。至于离不离婚,那就看董事长有没有悔改的态度了。

收回成命

中午,我回到家,妻子文婕还没有回来。昨天上午,文婕对我说,她的母亲病了,要去看看,说看看就回来。黄昏时,文婕打电话给我,说她的母亲病得不轻,她的母亲不肯她回来,要文婕陪陪她。我有好长时间没有到岳母家去了,想趁此机会去看望她,同时开车把妻子接回来。于是,我开着小车直奔岳母家所在的村子。

不到三十分钟的时间,我就来到岳母家。我打开车门出来,岳母刚好走出家门。岳母的身体并不是我想象的那么坏,我原以为她卧床不起,想不到她精力充沛,脸色红润。岳母一见到我,满面喜悦,惊喜地叫了一声:"玉良,你怎么来了?"

我看了看岳母,她哪有什么病?便小心地问:"妈,你没什么事儿吧?"

"哎呀,我能有什么事儿,你看,不是好好的吗?"岳母的声音清脆悦耳,几乎整个村子的人都听得见。

我走进屋里,环顾四周,见不到文婕,便问:"妈,文婕呢?"

"文婕?文婕什么时候到这里来了?"岳母看着我一脸惊讶地问。

"她说你病了,昨天,她就过来了。"一时,我也感到十分不解。但很快,我就意识到,文婕既然那样骗我,肯定是跟情人幽会去了,难怪前两天她那么神不守舍。霎时,一种羞辱感袭上我的心头。

我强压住心头的怒火,从衣袋里掏出手机,按了一串熟悉的数字,手机很快接通,我十分平静地问:"文婕,你在哪里?"

"我不就在妈妈家么?"文婕回答我说。

"妈妈好转了吗?"我还是很和气地问,但那脸色一定很难看。

"今天,她好多了。"

"你叫妈听电话,我跟她说两句。"

"她刚刚出去了。"

"文婕呀文婕,你把我耍了。我就在你妈妈家,你知道吗?"是可忍,孰不可忍?我再也控制不住心中的怒火,几乎失去了理智,对手机叫了起来。

"我……"

"你马上给我回家,咱们离婚!"

无论岳母如何劝说,我一句话也听不进去。我打开车门,开着车回家了。

我回到家,文婕还没有回来。我在屋里徘徊,越等越生气,一些花瓶、茶杯都摔成为碎片。过了两个多小时,文婕才回来。我一见到她,两眼圆睁,气愤地质问:"你老实告诉我,是不是去会情人?"

文婕看了看我一眼,老实地回答说:"没错。"

"咱们离婚吧。"此时,我反而冷静地对她说。

文婕理了理有点儿凌乱的刘海,十分平静地对我说:"玉良,你听我解释吧。"

"还有什么好解释的?"我把手一挥,又大声吼着。

"玉良,你听完我的解释,离婚与否,全由你决定。"文婕看着我,用恳求的口气说。

"玉良,你应该记得徐华军这个人吧?"文婕的声音很小,还是像平时那样轻柔。

徐华军这个人,我当然记得。八年前,我跟他和文婕都是很要好的朋友。当时,我感觉到,文婕对华军更好,他俩背着我恋爱了。文婕漂亮、聪明、能干,是一个人见人爱的姑娘,我早就暗暗喜欢上她了。当我知道他俩相爱时,我苦不堪言,为了得到文婕,在一个晚上,我占有了她,值得庆幸的是,她又怀上了我的孩子。从此,文婕和华军分手,跟我结婚了。当时,华军痛不欲生,两次自杀未遂。后来,华军一直不娶。每每想起他,我常常感到内疚与自责。

"你至今还跟他有一腿?"我仍狠狠地质问她。

"华军已得了绝症,好不容易,他才找到我的电话。三天前,他要我到医院去和他见一面,我拒绝他了。他见我拒绝,又苦苦求我。他说若见不到我,他死不瞑目。我想了想也就答应了他,我本想见他一面就回来,但看到他那么痛苦,就不忍心离开。就在刚才,他离开了人间……"文婕再也说不下去了,她泪流满面,双肩不停抽搐……

我听到这话,像从高高的浪峰一下子跌进浪谷,内心很难平静。屋内静得几乎听得见彼此的心跳声,我点燃一支香烟,深深地吸了几口,才对她说:"其实,你何必骗我呢?你跟我说一声不就可以了?我还以为你……"

我又吸了一口烟,递了一张纸巾给她,说:"文婕,别难过了,都怪我太鲁莽了。"

局长妻子给人当保姆

说堂堂的地税局秦龙局长的妻子给人当保姆,你们一定说我胡说八道,可这是千真万确的事情。秦龙局长的妻子为何给人家当保姆呢?是经济过不去吗?完全不是,秦局长拥有豪宅,有名牌小车,人家没有的他家都有。按秦局长的实力,别说养一个老婆,就是养十个老婆也应该没有问题。那为何他的妻子要去当保姆呢?

一个星期前,秦局长和妻子碧贞因为一件小事吵嘴。碧贞把一件新买的衣服送给了妹妹,秦局长不高兴了,那脸色很难看,说她糟蹋他的钱财,还说,你有本事自己赚钱去,想怎么样都行,别把他的钱不当钱。四年前,秦龙当上了局长之后,要碧贞辞去工作,碧贞辞了工作,一直在家料理家务,成了一个名副其实的家庭妇女。她听到丈夫这样说她,很是生气,要不是为了你,我会把工作辞掉?今天,你就这样说我?于是,两个人大闹了一场。碧贞是一个很有个性的女人,一气之下,就找了一户人家当保姆。碧贞当了人家的保姆之后,不管秦局长如何向妻子认错,如何向她求情,碧贞就是不回头。

碧贞穿戴很随意,干起活儿来又很勤快,主人根本不知道她是一个局长夫人。一天晚上,他们一起吃晚饭时,男主人和气地问了起来:"嫂子,你的丈夫在做什么?"

"当局长。"碧贞毫不含糊地回答他。

男女主人一听都笑了起来,他们当然不相信。碧贞见他们那个样子,又补充了一句:"地税局局长。"

这回,男主人再也忍不住了,刚扒进嘴里的饭马上从口里喷了出来,喷到了妻子的脸上。然后他大笑起来,女主人也跟着笑起来。好不容易,男主人停止了笑,但他并没有生气,说:"嫂子,我原以为你是一个老实人,你也太会开玩笑了。你知道我在哪个局工作吗?嫂子,我告诉你吧,我就是在地税局工作的,我们的局长姓秦名龙。太可笑了,太可笑了。"

碧贞放下筷子,问:"那我问你,你见过秦龙的妻子吗?"

"这个倒没有,我只去过秦局长家一次,那次他的妻子刚好不在。"男主人盯着碧贞说。

"我告诉你们,秦龙的家在白云山庄C栋66号,他家的电话是22123456,他的女儿在读大三,对吗?"碧贞又问男主人说。

这次,男女主人都听呆了,两个人你看看我,我看看你。屋里没有一点儿声音,他们好像都不存在似的。后来,男主人又把眼光移到碧贞的脸上,仍半信半疑地问:"嫂子,那你叫……"

"我姓黄名碧贞,再不相信你打个电话到我家里核实一下。"碧贞又说了一句,然后,又端起了饭碗。

"嫂子,那你怎么出来当保姆了?"女主人吃惊地问。

"我是被他气的,我还偏偏找个地税局的家庭来当保姆。"碧

贞说这话时也显得有点儿生气。

"嫂子,吃了晚饭,你回家吧,我可不敢再请你了。"男主人对碧贞说。

"我是不是偷懒了?"碧贞问男主人。

"不是。"

"我没把饭煮熟,还是烧菜忘了放盐?"

"嫂子,都不是。"

"那因为什么?"

"因为你是秦局长的妻子,我哪敢请局长的妻子给我当保姆?"男主人有点儿急了。

"法律没有规定局长的妻子不能给人当保姆吧?"

"在我们的局里,秦局长的话就是法律。嫂子,请你体谅我吧。"

"我要是不走呢?"

"不走,你就害了我。就算秦局长不说,我又如何面对局里的人?"男主人看着碧贞说。他说完又故意责怪起妻子来:"你也真是,请保姆也不问清楚,怎么把局长的妻子请来了?"

女主人知道丈夫的用意,也演起戏来:"你还好意思怪我,我叫你去请,你怎不去请?再者,嫂子的身上也没有贴着'局长妻子'的条子……"她说完又委屈地哭了起来。

"好了,好了,我这就走,我可以到别人家去当保姆嘛。"碧贞怕小夫妻闹起来,只好这样对他们说。

大鼻子生个小鼻子

　　海文今年三十三岁,他的鼻子长得特别大,不少人都不叫他的名字,而叫他"大鼻子"。大鼻子结婚三年多,终于做爸爸了,他特别高兴。有一天,同事、朋友到大鼻子家,看见他的儿子,就跟他开玩笑说,你儿子的鼻子怎么那么小,怕不是你生的吧?大鼻子严肃地说绝对是他生的。等人家走后,他看看儿子,自己又照了照镜子。儿子的鼻子真的太小了,一点儿也不像他。难道这儿子真的不是他生的?要不是他生的,又是谁生的?是哪一个小鼻子生的?大鼻子对老婆丽莉打了一个大问号。因为这事儿,他曾几次问过妻子,一次,丽莉差点儿跟他闹翻了。一天中午,海文默默抽着香烟,思前想后,近来,丽莉没有跟其他任何一个男人来往密切,就是有到他家来的男子,也没有一个是小鼻子的。忽然,丽莉回家见丈夫看着儿子冥思苦想,没好气地问:"海文,你是不是在想儿子的问题?你还是在怀疑我,是不是?"

　　"不不,我不是想这个问题。"海文立即撒谎说。

　　"那你在想什么?"丽莉又紧接着问。

　　"我是想该给儿子取个什么名字。"海文有点儿慌张回答说。

　　一天晚上,岳父打电话过来,说要建楼房,要大鼻子过去帮忙。次日,大鼻子一早就来到岳父家,大舅子的儿子把大鼻子带到工地,工地很热闹,村里来了不少帮忙的人。大鼻子干了一阵子,一个小鼻子的人递来一支香烟,那人的鼻子长得特别小。大

鼻子接过烟，两眼仍盯着那个小鼻子的鼻子出神，忘了道谢。大鼻子抽了几口烟，就和那个小鼻子套近乎，有意想知道他的情况。大鼻子装作十分亲热地问："你叫什么名字？家在哪里？"

"我叫庆林，跟你岳父是邻居，相隔只有五六间房子。"庆林回答说。

"喔，你就是庆林，丽莉经常在我的面前提到你（丽莉从没有提过），说你跟她很要好。"大鼻子察言观色说。

庆林抽了一口烟，从口里吐出一团烟雾说："是吗？其实，丽莉这个人也很不错，性情温存，人又长得漂亮，你真有福气。""庆林，你结了婚吗？"大鼻子又很关心地问。

"结了婚。"

"要是没有结婚，我给你做媒人，我那个堂妹（他只有堂弟没有堂妹）还没有结婚。"

此时，有个泥水师傅走过来，把庆林叫走了。大鼻子看见岳父，便走了过去，无话找话说："爸，那个叫庆林的，他干活儿真不错。"

"他呀，你有什么事儿叫他，他随叫随到，跟自己的儿子一样听话。"岳父很是满意地说。

这一天，大鼻子干活儿老是走神儿，不是做错这就是做错那。中午吃饭时，大鼻子老对庆林审看，越看越觉得自己的儿子不仅鼻子跟他很相似，而且眼睛、耳朵也十分相似。大鼻子心想，今天该找到答案了。

黄昏时分，大鼻子在回家的路上想了很多，回到家该如何试探他妻子呢。他想了很久，终于想到一个不错的方法。大鼻子刚踏进门槛，见妻子刚刚挂上电话，便对妻子说："丽莉，今天，我在你爸爸那边做工，听说那个叫庆、庆什么，对，我想起来了，叫庆林的，被汽车撞死了。"

大鼻子两眼注视着妻子的面部,想看她的表情有什么变化。可丽莉听到这话,脸不改色心不跳,有点儿幸灾乐祸:"他呀,撞得好,老天有眼。"

"他跟你无冤无仇,你怎么说这种话?"大鼻子一听到她说这种话,内心很是高兴,但又装出不高兴的样子。

"你不知道,我没有嫁给你时,他曾两次想要强奸我,我讨厌死他了。"丽莉愤愤地说。

压在大鼻子心上的一块石头落地了,他相信妻子是清白的了,小鼻子就是他生的。其实,大鼻子的妻子真的跟庆林有关系,他们的那个儿子就是庆林生的。刚才,大鼻子还没有回家时,庆林就打电话过来,说她的丈夫今天的举止很反常,要她特别小心。真想不到,丈夫一回来就试探她。她刚刚还听到庆林的声音,他怎么可能这会儿就被汽车撞死了呢?大鼻子明明是在怀疑她。

两年后,丽莉又给大鼻子生了一个小鼻子女儿。

拆　迁

华灯初上,食福海鲜酒店的门口停满了车辆。食福海鲜酒店的生意非常好,天天爆满。陈老板站在大厅看到这么兴隆的生意,嘴角露出了浅浅的笑意。陈老板转身走时,一个穿着校服的中学生对陈老板叫道:"爸爸,我跟你说几句话。"

陈老板停住脚步,回过头来,说:"志雄,什么事情?"

"爸爸,你出来一下。"志雄对爸爸说。

父子走出门来,站在灯杆下。志雄两眼看着爸爸说:"爸爸,你是明白人,也是非常识事的。最近,大家都在拆除违章建筑,咱们的酒店怎么还无动于衷……"

志雄话还没有说完,陈老板就暴跳如雷了。他举起手很想打儿子,但他那手还是没有落在儿子身上。他吼着:"混账东西,这种话你也敢说!谁说我这是违章建筑,我做了十多年,说拆就拆?人家是人家的事情,你以为我在官场就没有人?我一个电话打给你表叔,看谁敢拆?!"

志雄开口说:"爸……"

陈老板打断他的话,又对他骂了起来:"读了几年书,就你懂大道理了?你的数学不是很好吗?那你算一算,我一天赚五万元,一年赚多少万?十年又是多少?你叫我拆?"

"爸……"

"学习去!"陈老板把手一挥,又对他吼了一声。他吼完就走了,不理儿子。

志雄冲着爸爸的背后叫了起来:"爸爸,我希望你到海边路去看看。"

一个星期前,食福海鲜酒店已经接到通知,该酒店属违章建筑必须拆除。大门的右边,还写上一个大大的"拆"字,这个"拆"字,被陈老板用一幅广告贴上了。鬼使神差,陈老板真的来到海边路。他一踏进海边路就大吃一惊,他以为是小打小闹,多年来都说要拆,但都是说说而已,最后不了了之。想不到这次动真格的了!违章建筑被拆除后,海边路宽阔多了,也整齐美观了!陈老板往前走,叫他更感到吃惊的是,善美海鲜大酒店也正在拆除!善美海鲜大酒店在附近是最有实力的一家!酒店老板黄老板黑白道上都有人,怎么也拆了呢?

正当陈老板百思不得其解时,他看见黄老板从小车里出来。陈老板向他走过去,并叫了他一声:"黄老板……"

黄老板回过头来,看见是陈老板,也向他走来。陈老板握着黄老板的手,用不解的目光看着他问:"黄老板,你怎么也拆了?"

黄老板笑了笑说:"以前,说了多次要拆,我也是有准备的,这是实在话。可他们响了几个雷声,就不见动静了。这届政府的领导不同以往,是动真格的,是办实事的。老百姓十分拥护,有这样的干部是我们老百姓的福气!"黄老板停了下来,从口袋掏出香烟,递了一支给陈老板。他自己也点燃香烟,吸了一口烟,又接着说:"陈老板,其实是我们不对,你说是不是?我们占了地方,怎么还能跟人家作对?再说,我们商人只要有诚信,只要做得好,到哪里都有生意做。陈老板,做一个遵纪守法的市民吧!"

黄老板走了,陈老板呆呆地站在原地,直到那支香烟烧痛了他的手指,他才反应过来。大路上,来来往往的人很多,也说了很多,陈老板听了不少,都是赞美这届政府的领导的。陈老板拿出手机,给在政府里担任要职的表弟打电话,电话接通了,陈老板问:"表弟,你在哪儿?"

"这几天,我在省城开会。表哥,有什么事儿吗?"

"我的酒店不用拆吧?"陈老板试探地问。

"表哥,你还没有拆?我不是跟你说了吗,形势也看不懂?明天给我拆了!"表弟大声地对他说,那口气很不满。

"我的话你听见了吗?!"表弟又大声地问他。

"听见了。"

黄老板回到自己的酒店,把门口那幅广告给撕了,露出了那个大大的"拆"字。陈老板踏进店门,对员工们宣布:"明天开始停业……"

买面子

晓庆在局里是出了名的怕妻大王,常常被同事当作笑料。晓庆的妻子姓温名柔,可她一点儿也不温柔。因一点小事儿,她会把你闹得鸡犬不宁。她说一,晓庆就不敢说二。她个子长得高大,瘦小的晓庆根本不是她的对手。百分之八十五的家务是晓庆做的,晚上外出,必须在九点钟前回家,不然就进不了家门。工资如数上缴,因而,晓庆的衣袋很少有一百块钱。温柔在家里闹没什么,可她根本不顾丈夫的面子,常常闹到单位,有两次,晓庆是被她扯着耳朵拽回家的。因为有这样的老婆,晓庆自感矮人一截,抬不起头来。最后,晓庆总以好男不跟女斗的阿Q胜利法来安慰自己。

一天黄昏,晓庆骑着自行车回家,刚离开单位不远,自行车的链条断了,因身无分文,只好推着自行车回家。忽然,晓庆看到路上有一个钱包,他拾起一看,钱包里塞满了票子。晓庆走到没人的地方一算,有两千三百七十元。晓庆好不高兴,他琢磨着,这笔钱是如数交给妻子,还是私藏起来?晓庆想来想去,最后决定,这笔钱不能交给妻子,应该买个面子回来,面子比什么都值钱。这么多年来,他的面子都给妻子丢尽了。

晓庆一边推着自行车,一边思考着该如何用这笔钱买回面子。他回到家时,方法也想好了。

晓庆回到家,躺到沙发上,愁眉苦脸,默默地抽着烟。温柔叫了他一声,他装作没有听见。温柔生气了,对他大吼一声:"晓庆,你这是干吗?像死爹死娘似的。几点了,还不煮饭?"

晓庆猛吸了一口烟,抬起头看着如母老虎一样发怒的妻子,说:"温柔,我不知该不该对你说……"

"有什么屁你就放,别吞吞吐吐的。"温柔不耐烦地对他嚷着。

"单位的同事都笑我是一个十足的'气管炎'……"

"'气管炎'怎么了?听老婆的话有啥不好?"霎时,温柔的脸色变得很难看。

"你听我把话说完好吗?同事跟我打赌,他们说,我若是敢在他们的面前打你一巴掌,他们给我五百元,打两巴掌一千元……"

"那你打我十巴掌,他们就给你五千元?"见钱眼开的温柔打断丈夫的话问。

"对。如果二十巴掌就一万元,那一万元全给你,你肯不肯给我打?"

"哎呀,这可是生财之道,你怎么不早说。行,这面子我不要了,你什么时候打我都行。"温柔这回真的温柔了,她满面笑容,笑呵呵地说。

次日一早,晓庆很早就来到办公室,随后同事们也陆陆续续来上班了。十点多钟时,温柔气急败坏地闯进办公室,又像往日一样,把晓庆的耳朵扯了起来,破口大骂:"你这个雷打的,昨晚又和哪个狐狸精约会?"

晓庆一声不发,举起右手,狠狠地打了她一个响亮的耳光,殷红的血从她的嘴角流出。在场的同事看得目瞪口呆,如遇晴天霹雳。若不是亲眼所见,谁也不相信晓庆敢打妻子。晓庆还恶狠狠对她说:"她还给我睡了,你能把我怎么样?"

"好,你敢打我,老娘跟你拼了!"温柔装着哭腔说。

晓庆又以迅雷不及掩耳之势,左右开弓,打了温柔两个耳光,而且打得着实不轻。晓庆多年来被妻子欺负的耻辱,在这几记耳光中烟消云散了。同时,他看到同事们那种敬佩的目光,倍感威风。

同事们见状,七手八脚把温柔劝出办公室。可温柔感到很遗憾,晓庆才打了她三巴掌,她不想回家,便又挣扎着进了办公室。晓庆用手扫了一下凌乱的头发,指着温柔说:"离婚!"

好不容易,温柔才被同事们劝回家了。

下班了,晓庆回到家,看到妻子满脸怒容,心里害怕极了,上午的威风一扫而光。妻子一定怪他下手太狠了,这回轮到她收拾他。晓庆急忙从衣袋里掏出一千五百元,递给妻子说:"一千五百元。"

"你干吗不多打我几巴掌?"温柔抢过钱,白了丈夫一眼问。

晓庆心想,我再多打两巴掌,那钱就不够了,我若是有钱,不把你打死才怪呢。

"温柔,不是我不打你。同事见我真的敢打你,就把你拉开了,他们是怕多出钱,这你还不明白?温柔,我打了你三巴掌,心疼了一个上午。我是不是下手太重了?"晓庆见她是怪他不多打她,悬着的心终于放了下来,接着又假关心地问:"温柔,还痛吧?"

从此,同事们对晓庆刮目相看了,再也没有人敢耻笑他怕老婆了。

咨询费

一天上午,姚局长搬新家了。他临走时,敲开了对门邻居老徐的家门,他觉得老徐这位邻居不错,走了该对他说一声。老徐打开门,姚局长递一张小纸条给老徐说:"老徐,我搬到永乐山庄B幢401房,有空,欢迎到我家聊天。"

老徐接过纸条一看是姚局长新居的地址,笑呵呵地说:"恭喜恭喜,我有空会过去的。"

下午,不知道有多少人来找姚局长,找不到姚局长,都来敲老徐的门,老徐外出,来开门的都是老徐的老伴儿,人家叫她大嫂,徐嫂被人问厌了。这次,她打开门,见一个人手提烟酒,焦急地问:"大嫂,借问一下,姚局长搬到哪儿去了?"

"这我不知道。"这次,徐嫂故意不告诉他。

"大嫂,我有急事找她,你问一问你爱人。"那人显得更急了。

"他不在家。"徐嫂还是那副冷冷的面孔。

"大嫂,你打他的手机问问看。"他说完掏出一张二十元的票子,又说,"这是给你的电话费。"

徐嫂的脑子迅速闪过一个念头,一天有那么多人找姚局长,如果向每人收二十元,那不发财才怪呢。于是,徐嫂爽快地说:"行。"

徐嫂转身走进屋内,装作打电话问老徐。不一会儿,徐嫂走到门口说:"姚局长搬到永乐山庄B幢401房了。"

那人前脚刚走,又有一个青年人来找徐嫂问:"大嫂,老姚搬到哪儿去了,你知道吗?"

"当然知道。"徐嫂笑着说。

"那麻烦你告诉我,他搬到哪儿去了?"

"告诉你可以,可要付二十元咨询费。"徐嫂仍是皮笑肉不笑地说。

"要二十元?你这不是勒索吗?"那位青年显得有点儿生气。

"我这可不勉强。"徐嫂说完走进屋里。那位青年想了想,无可奈何地说:"行,我给你二十元。"那位青年拿二十元给她,徐嫂便告诉了他。那青年下楼时,骂道:"什么鬼主意都有人想得出。"

那天下午,徐嫂竟收了二百六十元咨询费。当然,有极小部分人,听说要二十元咨询费,便不要她给地址。徐嫂拿着那不用费一点儿力气得来的钱,好高兴。此时,刚好老徐回来。老徐见老伴儿拿着一沓票子,高兴得合不拢嘴,便问:"什么事儿这么高兴?"

"我在家坐一个下午,就赚了二百六十元。"徐嫂扬着手中的票子对老徐说。

"我才不信你的鬼话。"老徐完全不相信她的话。

此时,刚好传来了一阵敲门声。徐嫂对老徐说:"又有人送钱来了。"

徐嫂打开门,那人便问:"大嫂,姚局搬到哪儿去了?"

"要我告诉你,得交二十元咨询费。"徐嫂开门见山对他说。

那人边掏钱边说:"可以,可以。"

老徐看得目瞪口呆。

徐嫂在姚局长旧居的门上贴上一张纸条,上面写着:姚局长已搬新居,若要地址,请找对门。徐嫂坐享其成,第一天、第二天两天一共收到咨询费八百多元。徐嫂辛辛苦苦一个月,才得七百多元的工资,便打了一份辞职报告,辞去了工作。

几天后的一个上午,徐嫂坐在家中,那么久不见人敲门,感到奇怪。她打开门一看,原来姚局长旧居的门上贴着他新居的地址。她一见,怒从心起,把门上的纸条撕下来,然后撕个粉碎。纸条撕下来了,又有人来敲门了。

好景不长,过了几天,姚局长家搬来了新的住户,再没有人敲徐嫂家的门了。从此,徐嫂成了一个失业者。

情　殇

在一望无垠的草地上,肥美的羊群在草地上嚓嚓地啃草。有些母羊走来走去开始发情了,公羊也开始骚动了。体魄强壮的头羊站在高处,咩咩地向其他公羊发出挑战。每到母羊的发情期,公羊为了争夺交配权,难免来一场你死我活的厮杀。在每一年的这场厮杀中,公羊毙命的事儿在所难免。二羊咩咩地向应战,头羊两眼圆睁,怒气冲冲,向二羊猛奔而来。一场悲壮而激烈的厮杀即将发生。谁也没有想到,二羊不到一个回合就败下阵来,他不像以前那样恋战,被打得伤痕累累。头羊看二羊败下阵,得意地仰天长叫。头羊的叫声,响彻大地的上空,久久回荡。

二羊一败下来,三羊猛冲而上。三羊血气方刚,志在必得。他跟头羊战得难解难分,最后,三羊不敌头羊,头羊那两支锋利的

羊角插进了三羊的屁股,作为对他的教训。去年,二羊跟头羊争夺交配权时,最后,头羊的羊角也是插进了二羊的屁股里,二羊险些丧了性命。二羊永远记得这一角之仇,非报复不可。二羊曾多次思忖,跟头羊明打,无论如何也打不赢。明取不行,二羊就想暗地里收拾他。二羊想在头羊到悬崖吃草时,出其不意把头羊推进悬崖;或在深潭边,把头羊推进水里。可头羊用不着在危险的地方吃草,有谁敢跟他争最肥嫩的青草吃?所以,二羊一直没有机会下手。

  晚上,三羊不解地问二羊:"二哥,今天你怎成了一个懦夫?"

  二羊的嘴角不觉上翘,微微地一笑,在黑夜里,他这一笑谁也看不见。二羊这一笑包含着两重意思:一是头羊把三羊打得这么惨,他求之不得;二是显示出他有深藏不露的才华。过了一会儿,二羊才对他说:"三弟,你真是一个有勇无谋之徒!"

  三羊一听生气了,奚落他说:"五十步笑百步,去年你不也是我这个下场?"

  头羊忙于交配,在草地上大展雄风,不少公羊都敢怒而不敢言。二羊似乎很看得开,完全一副若无其事的样子,他躲得远远的,拼命地吃草。忽然,一头发情的老母羊来到二羊的面前,风情万种,含情脉脉地对他说:"老二,那些年轻漂亮的是看不起你的,可我就喜欢上你了……"二羊努力克制着自己那强烈的欲望,拒绝她说:"不行,要是给老大知道了,你我都没有好下场!"

  "难怪老三说你是一个懦夫!"老母羊悻悻而去。

  头羊每天至少要交配十多次,但他吃得少付出多。不到一个星期,他已累得不成样子了,一个星期前那强壮勇猛的体魄不见了,取而代之的是一副病羊的样子。头羊尽管那么疲劳,但面对母羊的诱惑,他仍无法克制。一次,他又想骑上一头年轻的母羊,但因为四肢无力,一连几次都无法成功……

"哒哒哒……"肥壮勇猛的二羊迈着有力的脚步向头羊奔来,浑身的肌肉在耸动。此时的头羊还有什么力气跟二羊交手?二羊想怎么收拾就怎么收拾。最后,头羊的前脚断了,后腿也断了,满身是血。去年的一角之仇,二羊终于报了。接下来,二羊变成了头羊,还剩下没有交配的母羊,全由他接管了。而头羊呢?被人送进了屠场……

春风又绿江南岸。

和煦的阳光沐浴着地毯一般绿色的草地,一年一度的挑战又开始了。二羊站在高处,向所有公羊发出挑战,顿时,泥土味儿弥漫着整个草原,羊角的撞击声此起彼伏……二羊打败了所有前来迎战的对手,从此,整个大地都属于他了。

二羊忙于交配,快乐冲昏了他的头脑。当他醒悟时,一切都无可挽回了。一次,当二羊从母羊的身上下来时,才发觉好几天不见三羊了。他感到事情不妙,四处寻找三羊。原来,三羊也跟他以前一样,离羊群远远的,在不断充实自己,养精蓄锐。二羊远远看到那羊毛油光发亮的三羊,知道自己的死期到了。三羊是要以其人之道还治其人之身啊。

当夕阳的最后一抹余晖洒在草地上时,二羊已躺在草地上不能动弹,血流如注了。

井底之蛙

古井里有两只青蛙,一母一子。其子从来没有离开过古井,总想到外面去看看,但因井底距井面很远,所以无法如愿。有一天,大雨倾盆而下,下了个三天三夜。井水满了,青蛙终于有机会跳出井面了。当青蛙跳上井面时,天一下开阔了。他感到一切都是那么新鲜,琳琅满目,各种不同的声音也灌耳而来。外面的世界真的很精彩,他该感谢这场洪水。在井底里,他能看到的只有老母亲。

井蛙高兴地跳起来,他见到谁都十分亲热,都跟他们打招呼。走着走着,井蛙看到一条眼镜蛇,他不知道蛇是他们的天敌,就快步上前跟他打招呼,说:"你好。"

眼镜蛇看着向他跳来的井蛙,一时懵了。眼镜蛇心想:所有的青蛙见到他都拼命地逃跑,哪像这只井蛙不但不逃跑,还主动送上门来。眼镜蛇高昂着头,张开他的血盆大口。当看到井蛙的肤色时,眼镜蛇感到有点儿不对劲。因为井蛙在井底里从没有见过阳光,所以皮肤雪白雪白的。眼镜蛇认为他是一只毒蛙,所以他才不怕自己。因而,眼镜蛇不敢轻举妄动。井蛙见眼镜蛇不理他,也就走了。

井蛙走不了多远,碰上了几只青蛙,其中一只青蛙对他说:"你的胆子怎么那么大,那最凶、最恶、最毒的眼镜蛇,你也不怕?"

"什么,他就是眼镜蛇?"井蛙一听大吃一惊,脸色也变了。

此时,井蛙想起了母亲的话,那身子长长的、圆圆的就是蛇,他们是最可怕的,他会把你整个身子吞进去。想到这,他浑身起了疙瘩,又禁不住回头望去。不看则已,一看吓他一大跳,眼镜蛇逮住了一只大老鼠,那只大老鼠至少比他大五倍。顷刻,那只大老鼠就被眼镜蛇吞了进去。

井蛙害怕起来,想远远地躲开他,追赶前面的几只青蛙。不一会儿,井蛙追上他们,和他们一起在绿油油的稻田里觅食。井蛙看到一只小黄蜂,他以为小黄蜂就是苍蝇、蚊子之类的虫子。井蛙看着小黄蜂想:外面的世界真好,什么美味都有。井蛙张开嘴巴去逮小黄蜂,被小黄蜂蜇了一下。他痛得乱蹦乱跳,呱呱大叫,那嘴巴一下子肿起了一个大包。井蛙痛感还没有消失,又听到同伴叫起来:"抓蛙的人又来了……"井蛙不知道隐蔽,很快被抓蛙的人发现,抓了起来。抓蛙人看着手中的井蛙,自言自语:"嘴上长着一个包,这不是长瘤了吧?"抓蛙人想了一想,又把井蛙扔回了田里……

雨刚停,十多只青蛙跳回河里,井蛙的速度很慢,落在最后面,且被他们落下一大段距离。忽然,前面的青蛙又大叫起来:"快往河里跑,鹰来了,鹰来了。"

井蛙心想,这回他死定了。他落在最后面,肯定被鹰追上。他回头一看,看不见鹰,前面又没有,鹰在什么地方?忽然,鹰从天空俯冲而下,叼住前面的一只大青蛙,又飞上了天空。这回他才知道,鹰是从天上来的。鹰为何不抓他呢?也许是因为他掉队了,鹰没有发现他。

青蛙们就要越过一条公路,这时,前面的一只青蛙大声呼叫起来:"大家快点儿,大家快点儿……"

井蛙跳到水泥路面上,突然,一团黑影夹着一阵猛风向井蛙袭来,嗖的一声从他的前面过去了,车轮从井蛙前面的那只青蛙的身上辗过,血肉溅在路边的树上,那青蛙连叫也不会叫一声,死

得很惨。井蛙不知那团黑影是什么东西,吓得他的腿都软了下来,再也跳不动了。前面的青蛙见井蛙呆呆地趴着,生气地骂了他一句:"你在等死,还不快跳,汽车马上又来了。"

井蛙急忙地跳了起来,他刚跳到路边,一辆辆汽车嗦嗦地从他的身边飞过。吓得他哭叫起来:"妈妈,妈妈……"

井蛙不敢停下来,一边哭一边跳。前面的青蛙都跳进河里了,井蛙不敢怠慢,也加快了脚步,跳进了河里。他一到河里,那几只青蛙就已不见踪影,不知到哪儿去了。他东找西找也找不到他们,此时,井蛙看到几条大黄鳝向他游来。井蛙以为黄鳝是蛇,便掉头拼命地游走了。好不容易,井蛙才摆脱了黄鳝。

井蛙从井里出来,遇到了这么多的危险,有几次还险些丢了生命。他越想越害怕,外面虽然精彩,但危机四伏,无处不险,随时都可能丢掉生命。这样的日子他无法过了,井蛙从河里爬上岸来,他想回到井里去。

几经周折,井蛙终于回到了古井里,又和母亲过起了太平的日子。

苦肉计

久晴不雨。

今天中午,天下了一场透雨,把深山里的树叶、野草洗得发亮。雨停了,一只老虎出来觅食。他翻过一座山,一无所获。忽然,老虎看到地上有一行深深的脚印,他很快就判断出来,这地上的脚印是狐狸的脚印。从这脚印看来,狐狸是刚刚走过去的。于是,老虎快速地跟着脚印奔跑起来。

老虎在树林里奔跑,惊动了树林里的山羊、野猪、猴子等,一时惊叫声四起,大家闻风而逃。跑在前面的狐狸,听到这种嘈杂的惊叫声,就感到不妙。狐狸回头一看,那只面熟的老虎正奔他而来。狐狸想起来了,当年他正是被这只老虎逮住的。当年,他急中生智,来个狐假虎威而逃离虎口,在百兽中成就了一段佳话,广为传颂。狐狸不敢多想,急忙奔跑起来。

由于慌不择路,狐狸走进了绝路,前面是深渊。狐狸放慢了脚步,心里想:逃跑是不可能了,现在,还能用什么办法逃过这一劫?故伎重演当然行不通,不一会儿,狐狸想出了一个不是办法的办法,如今再没有比这更好的办法了。事不宜迟,狐狸把前腿伸进石缝里,咬着牙齿,把脚折断,脚断时,他大叫一声:"啊——"他的痛叫声,在山谷里久久回荡。狐狸被折断的那条腿立即肿了起来,且越肿越厉害。

狐狸再也不逃跑了,他躺在地上,等老虎到来。不一会儿,老虎追上来了。老虎看着躺在地上哭丧着脸的老狐狸,一眼就认出他,咬牙切齿地说:"老狐狸,咱们是冤家路窄啊。当年我受你的侮辱,至今记忆犹新。你使我在百兽的面前丢尽了老脸,今天,你还敢不敢说是老天爷派你来管百兽的?"

狐狸低垂着头,疼痛难忍,苦不堪言。

老虎看到他这个样子,说:"老狐狸,你别装得那么可怜。今天,我一定要报仇雪恨,把你碎尸万段。只有这样,才能解我的心头之恨!"

"你是一只纸老虎,有种你来吃我!"狐狸十分强硬地说。

老虎向狐狸步步逼进,说:"死到临头,你还嘴硬。你还想要

什么花招？你的鬼点子不是挺多的吗？今天，你说什么我也不会相信你，我非吃了你不可！"

狐狸并没被气势汹汹的老虎吓倒，反而努力抬起头来，有气无力地说："老虎，你别那么得意。今天，我落在你手里，算我倒霉。刚才，要不是我的脚被眼镜蛇咬了一口，你连我的影子也见不到……"

"你被眼镜蛇咬了？笑话，什么地方被眼镜蛇咬了？"老虎不相信狐狸的话，对他张牙舞爪地说。

"你还等什么？快动口吧。"狐狸动了一下他那条折断的腿，对老虎说。

此时，老虎才发现狐狸那条肿得厉害的腿。老虎犹豫了，他在心里想：难怪狐狸那么嘴硬，一点儿也不怕他。老虎又想：十多天前，他有一位伙伴就死在眼镜蛇的毒口之下。现在，狐狸的血液里一定流淌着眼镜蛇的毒液。要是把他吃了，自己不被毒死，也同样会深度中毒，这属二手中毒。老虎想到这些，自然而然后退了一步，好像狐狸就是一条可怕的眼镜蛇似的。

狐狸见老虎后退了，又对他说了一句："现在不报仇，以后就再也没有机会了。"

狐狸话还没有说完，就在地上打起滚来，并撕心裂肺地叫着。老虎看着狐狸，心想：这也许是蛇毒发作，他是在做最后的挣扎。狐狸的叫声越来越弱，后来，狐狸一动不动地睡在了地上。

老虎看狐狸死得那么惨，虽不是他亲手杀了狐狸，可眼镜蛇为他报了仇。老虎怕狐狸有诈，上前检查了一下他那条被眼镜蛇咬过的脚。老虎看后，确信无疑。于是，老虎走了。

狐狸估计老虎走远了，便从地上站了起来，耸了耸肩膀，拖着一条残腿走了。

喜羊羊和灰太狼

春雨绵绵,春草一天比一天绿了起来。一群羊埋头在草地上啃草。忽然,有一只羊大叫起来:"灰太狼来了,灰太狼来了,快逃命呀……"

此时,草地上的羊群乱作一团,四处逃散。灰太狼紧追着一只叫喜羊羊的,喜羊羊摔倒了,又马上爬起来逃命。跑着跑着,当喜羊羊抬起头时,他绝望了,一条大河横在它的面前,哗哗哗的河水向下流去,河面有六七百米宽,河水湍急。此时,灰太狼已跑到喜羊羊的身后,挡住喜羊羊的退路。灰太狼和喜羊羊都喘着气,当灰太狼向喜羊羊张开血盆大口时,喜羊羊喘着气对灰太狼说:"请慢,你看我,浑身都是泥浆,我不想这样脏兮兮地死去,死也要死得干净。你等一会儿也不迟,我到河里洗干净了给你吃吧。"

"不行!"灰太狼恶狠狠地说。

"河那么宽,河水又那么急,我还跑得了吗?"喜羊羊又对灰太狼说。

灰太狼看了看喜羊羊,喜羊羊确实很脏。他又看了一眼那么宽的河面,说:"好吧,洗干净就给我上来。"

喜羊羊不慌不忙地跳进河里,在河里扑腾着身子,不停地洗着身子。灰太狼在河岸上催喜羊羊:"行了,快点儿上来!"

"就来,就来……"喜羊羊回答他。

喜羊羊心想：就是逃不了，被河水淹死了，也不能死在灰太狼口中。让他生吞活剥，那多痛苦啊！于是，喜羊羊潜进了水里，拼命地向对岸游去，当他实在忍不了、露出水面时，已离灰太狼有五六十米远了。此时，灰太狼知道上了喜羊羊的当，站在河岸上，对喜羊羊吼叫："你马上给我回来，你马上给我回来……"

喜羊羊没有理他，四条腿拼命地划着，快速游向对岸。灰太狼生气极了，扑通一声跳进了河里，此时，喜羊羊离灰太狼有上百米的距离了。灰太狼向喜羊羊追去，边游边大声地叫喊，要喜羊羊回来。喜羊羊哪里听他的话，他只有用尽力气，才能摆脱灰太狼，不然就会成为灰太狼的美餐。灰太狼不停地呼叫，花了他的不少力气。喜羊羊渐渐地把灰太狼越甩越远了。

忽然，一个大浪向喜羊羊打来，喜羊羊被河水往下游冲了几米。灰太狼又在后面叫道："看你回不回来，不回来，就会被河水活活地淹死……"灰太狼话还没有说完，风浪就将河水灌进了他的口里，呛得他咳嗽不止，在河里打转。喜羊羊没有理他，奋力向对岸游去。灰太狼并不想放弃，也加快速度，他想，被我追上了，我就慢慢地折磨死你，然后把你碎尸万段。

喜羊羊闯过了一个个恶浪，渡过了一次次急流。他有四次被河水向下游冲了去，险些丢了性命。好不容易，喜羊羊终于游到了对岸。可他也精疲力竭了，连上岸的力气也没有了。喜羊羊努力爬上岸，他实在跑不动了，便瘫在地上，不停地喘着气。喜羊羊抬头看向河中的灰太狼，灰太狼也很惨。一个大浪向灰太狼打来，灰太狼也被河水向下游冲了好几米，在河里挣扎。灰太狼用尽了吃奶的力气，才闯过了急流。此时，灰太狼回过头去，他想转身回去，可对面的河岸更远了，他只好继续向喜羊羊游来。喜羊羊休息了一会儿，站起来想走。他看了一眼河里的灰太狼，灰太狼也很疲惫,他的速度很慢很慢。

喜羊羊把迈出的前脚收住了,他想,现在我不走了,这不是天赐良机吗?今日,我要除掉你这个十恶不赦的家伙。我以逸待劳,来对付你这只凶狠的灰太狼。于是,喜羊羊不害怕了,他重新躺在地上休息,两眼盯着河里向他游来的灰太狼。

"喜羊羊,你还不赶快逃命?灰太狼就要追上来了……"树上的猴子焦急地对趴在地上的喜羊羊叫道。

"我实在跑不动了……"喜羊羊有气无力地说。其实,他是故意说给灰太狼听的。

河里的灰太狼见岸上的喜羊羊跑不动了,高兴极了,更加拼命地向河岸游来。离岸五六米时,灰太狼几乎没有一点儿力气了。此时,喜羊羊的体力已经恢复了不少。喜羊羊见时机到了,便站了起来,毅然跳进了河里。树上的猴子见状大声呼叫:"喜羊羊,你找死啊……"灰太狼见喜羊羊跳进河里,十分不理解。喜羊羊就要靠近灰太狼时,又潜进了水里。

喜羊羊用嘴死死地咬住灰太狼的一条后腿,拼命往水底里拉。灰太狼再也没有力气反抗了,他被喜羊羊拉向了水底,很快就被河水淹死了。

喜羊羊除掉了敌人,上到岸上,这又花去了他所有的力气。树上的猴子为喜羊羊鼓起掌来,无不佩服地说:"喜羊羊,你不但勇敢,而且更加聪明!"喜羊羊没有力气回答猴子了,他趴在地上,看着灰太狼被河水冲下去,脸上露出了欣慰的笑容。

过了好长时间,喜羊羊才慢慢地站起来,拖着疲惫的身子走了。

黄鼠狼给鸡道歉

大年初二,阳光灿烂,爆竹声此起彼伏。黄鼠狼西装革履来到鸡的住宅区,他满面笑容地对一位看门的公鸡说:"公鸡老弟,新年好!"

那只公鸡看见黄鼠狼来了,立即警惕起来。很多年以前的一个春节,黄鼠狼给鸡拜年的事,虽然过去了那么久,但他仍记得很清楚。他很不礼貌地对黄鼠狼大喝一声:"黄鼠狼,你来干吗?你又想给我们拜年是不是?"

因为公鸡的一声大喝,大家都知道黄鼠狼来了,他们的手里操着家伙飞奔而来。

"公鸡老弟,今天,我是特来向你们道歉的。以前,我的爷爷做得很不对,不该那样对待你们,这都是我们的过错……"黄鼠狼非常诚恳地对鸡们道歉。

"别来迷惑我们,我们不会再上你的当了。"一只公鸡不客气地打断黄鼠狼的话,恶狠狠地说。

"是啊,是啊,现在,我怎么说,你们也不会相信我。去年年底,开了一次动物大会,你们的大王也参加了。百兽之王老虎在大会上一而再、再而三地强调,我们要和睦相处,要团结,再不能以强、以大欺负弱小。开了那次大会以后,关于这个问题,我们也开了几次会议,进行了深刻反省。我们终于明白祖先的过错,所以我今天诚心诚意向大家赔不是。"黄鼠狼说完,向大家三鞠躬。

一只母鸡站了出来,挥舞着手里的菜刀,提醒大家说:"当年,咱们的老祖宗就是被黄鼠狼的甜言蜜语所骗,大家千万别把他的话当真……"

公鸡瞪了母鸡一眼,训斥她:"妇道人家,轮得到你说话吗?"

公鸡见黄鼠狼的态度那么诚恳,说得声泪俱下,知道他这次是诚心悔改。去年的动物大会上,黄鼠狼就对他承认过错误。人家犯了错误,今天登门谢罪,怎能如此对待人家呢?黄鼠狼见母鸡那么说,就对大家说:"难怪你们不相信我,这样吧,为了大家,今天,我愿意为两家和好献身!"

黄鼠狼说完,夺过母鸡手里的一把菜刀,想在他们的面前自杀。说时迟,那时快,公鸡见势不妙,迅速夺过黄鼠狼手里的菜刀,说:"大王,你大人有大量,别跟他们一般见识。快,快,快进屋里坐。"

公鸡好菜好酒请黄鼠狼吃午饭,黄鼠狼喝得酩酊大醉。公鸡要送黄鼠狼回家。黄鼠狼把手一挥,对他们说:"不用麻烦你们,我没有醉……"

黄鼠狼还没有把话说完,便瘫在地上。公鸡对他说:"我和二弟送你回家吧。"公鸡说完又对另一只公鸡说:"三弟,你感冒就别去了。"

"不,我一定要陪大哥一起去!"他有点儿不放心地对公鸡大王说。

"那好吧。"公鸡大王对三弟说。

还没有把黄鼠狼送上山,三弟抬头一看,鸭毛、鹅毛、鸟毛满天飞舞,他趁黄鼠狼不注意,悄悄地从地上拾起鸭毛一闻,那鸭毛还带有血腥味,可见是刚从鸭身上拔下来的。三弟马上意识到事情不妙,立即对大哥和二哥递眼色。他们两位也马上会意,公鸡

大王就客气地对黄鼠狼说:"大王,就送到这儿,我们回去了。"

"这怎么行,不行,不行!晚上,我一定要好好招待你们。我还有重大事情要和你们商量……"黄鼠狼醉意未消,结结巴巴地说。

"不了,不了,改日吧。"公鸡回答说。

此时,黄鼠狼原形毕露,对他们露出锋利的牙齿,哈哈大笑,他醉酒完全是假的。黄鼠狼一步一步地向公鸡逼近,公鸡三兄弟展翅飞起。黄鼠狼腾空而起,三弟因感冒手脚乏力飞得不高而被黄鼠狼逮住了,年老的公鸡大王也厄运难逃,只有二公鸡逃走了。

那晚,黄鼠狼们欢呼雀跃,举行了一个庆功大会,黄鼠狼王把他逮住公鸡的经过绘声绘色告诉了大家。黄鼠狼王说毕,响起了一阵雷鸣般的掌声。然后,大家举杯畅饮,品尝鸡肉。

次日,三十多条黄鼠狼因吃了有禽流感的鸡肉而发病,相继死亡……

后来,又有了一条歇后语:黄鼠狼给鸡道歉——自寻死路。

乌鸦和狐狸

乌鸦嘴里的一块肉被狡猾的狐狸骗走这事儿在动物界引起了强烈的反响。以前大家认为乌鸦聪明,现在则不这么认为了。乌鸦大王对这只被骗的蠢乌鸦极为不满,认为他丢尽了所有乌鸦的脸。尤其是大王,以后出去有何脸面见人?因此,乌鸦大王召开了一个紧急会议,讨论对这次事件应如何吸取教训。同时,要大家出谋献策,集思广益,想出法子惩罚狐狸,挽回乌鸦的面子。

寒冬腊月,山头上的树木光秃秃的,没有一片叶子,树枝上站满了黑压压的乌鸦。乌鸦大王默不作声,满脸怒气,大家见到大王这个样子,谁也不敢出声。那只丢肉的乌鸦,把头埋得低低的,平时,他最为得意,总是高傲昂着头,因为大王把漂亮的女儿许配给了他,他非常有可能成为未来的大王。这只乌鸦知道,今天,大王一定会对他不客气的。

沉默,死一般的沉默,好像什么都不存在似的。大王扫了大家一眼,终于开口:"昨天发生的事件,相信大家都知道,这是我们乌鸦莫大的耻辱!算我瞎了眼,那么器重他。在此,我向大家郑重宣布,撤销他的所有职务,同时,也取消把女儿嫁给他的决定!"

乌鸦大王话音刚落,便响起了热烈的掌声,乌鸦们异口同声地赞道:"大王英明,大王英明……"

乌鸦大王示意大家静下来,整座山头鸦雀无声。大王用温和的口气说:"其实,我们乌鸦并不笨,'乌鸦喝水'的故事,震惊整个世界,谁不夸我们乌鸦的智慧?"大王说到乌鸦喝水,才想起了那只聪明的乌鸦。那只乌鸦巧妙地喝到水以后,大家都称这只乌鸦为"神鸦"。但这只聪明的乌鸦因为向大王提了几点意见招致大王不满而被赶走了,听说他后来到喜鹊那里当军师了。大王对老三耳语,叫他马上把那只神鸦找来。老三听了大王的话,立即飞走了。

老三飞走后,大王讲了一些无关要紧的话,他在等那只聪明的乌鸦。

老三带着那只神鸦来了,乌鸦们都在交头接耳,大家看到神鸦,好像就看到了希望。乌鸦大王有点儿尴尬地对那只乌鸦说:

"神鸦,以前的事情,我就不追究了。希望你以大局为重,挽回我们乌鸦的面子。"

"大王,我难以胜任。"神鸦回答。看神鸦的样子,他并不计前嫌。

"神鸦,唯有你才能胜任。你要是替我们乌鸦挽回面子,我不但恢复你的职务,而且嘉奖你,提升二级,还把女儿许配给你。"大王郑重地向神鸦承诺。

"大王,此话当真?"神鸦有点儿不相信地问。

"君无戏言!"大王掷地有声地说。

神鸦看了看漂亮的公主,问:"公主,我要是为大家挽回面子,你真的肯嫁给我?"

公主早就喜欢上这只聪明无比的乌鸦,今天,父王当着众人毁了她的婚约,她正求之不得呢。公主在众鸦的面前,大声地回答:"同意!如有反悔,五雷轰顶!"

散会了,大家都有点儿担心,神鸦能有什么办法,去对付狡猾的狐狸呢?

一个星期后,神鸦嘴里叼着一条鱼,飞得很低,从一只狐狸的头顶飞过。狐狸看见乌鸦的嘴里叼着一条鱼,认为机会来了,马上对他叫道:"乌鸦兄弟,好久没有看见你了,我有件重要的事儿要告诉你。"

乌鸦没有理他,继续往前飞去,但速度慢了许多。狐狸紧追不舍,边走边说:"乌鸦,你的鱼是从哪里抓来的?告诉我吧。"

神鸦把头转了过来,好像要告诉狐狸。狐狸看到乌鸦这个样子,又加快了速度追赶。狐狸边追边想话题,想着用什么话才能使乌鸦开口。忽然,狐狸想到一个极好的话题,于是开口说:"乌鸦,我很欣赏你的才华。你喝水的那个故事,我用来教育孩子们,要大家向你学习。你是世界上最聪明的鸟儿……"

忽然,鱼从神鸦的嘴里掉落,落在地上。神鸦好不高兴地问:"狐狸,你说的可是真的?"

狐狸看见鱼掉在地上,无不讽刺地说:"天下乌鸦一般傻!"狐狸说完,一个箭步冲上去,可还没有碰到那鱼,只听轰的一声巨响,狐狸丢进了猎人的陷阱。

神鸦飞上高空,大声呼叫:"大家快来看,狐狸丢进了陷阱里……"

不一会儿,乌鸦从四面八方赶来,看到陷阱里的狐狸,都开心地大笑。

残废的猴子

茂密的森林里,生活着一群猴子。猴子们的觅吃、玩耍,都显得那么小心翼翼,他们常常抬头四处张望,怕遭到豹之类的动物的突然袭击。近来,有一条花豹常袭击他们,已有几只猴子葬身花豹的肚子。这条花豹行动十分敏捷,在树上攀爬、跳跃,不比猴子差。因为这花豹,猴王十分头痛,他采取了一天24小时轮值放哨的措施,猴群还是会遭到花豹的偷袭。

突然,树林里不知是哪一只猴子又尖叫起来:"花豹来了,花豹来了,快逃命……"

那只猴子还没有叫完,就有一只猴子被花豹逮住了。花豹那锋利的牙齿死死地咬住猴子的咽喉,那只被花豹逮住的猴子只挣

扎了几下就不动了,猴子那条长长的尾巴垂落了下来。凶残的花豹就地解决起猴子,把猴子生吞活剥了。四周的猴子朝着残忍的豹子愤怒地吼叫,那只猴子的亲人眼睁睁看着那猴子被一口一口吃掉,哭得死去活来。有些胆小的猴子只好闭着眼睛。

不到半个钟,那只原本活生生的猴子就只剩下一堆骨头了。花豹用前脚擦了擦沾满鲜血的嘴,摇了摇尾巴,一步步地从树上下来,打算回他的窝里美美地睡一觉。

花豹走了,喧哗的树林一下子又平静了许多。好几只小猴子心有余悸,脸色苍白,紧紧地抱着母亲不放。

猴王又招集了头头儿们来商议如何防止花豹一而再、再而三的屠杀行为。有一只只有三条腿的猴子,拉着一条废腿,想进去听听那帮头头儿们的高见。他那条后腿,是从树上摔下来摔断的,他当时也险些丢了生命。后来,他的命是保住了,可他的后腿就再也无法恢复,落下终生残废。

三条腿的猴子想进去,门卫把他挡在外面,不让他进去。残废的猴子坐在外面,听到里面争论得很激烈,有的提议迁走,有的提议在树林里装上报警器。但最后也想不出什么好办法,只是增多放哨的猴子而已。

三条腿的猴子来到一片乱石堆上,好像在寻着什么,这也翻翻,那也翻翻,这只猴子找到几块锋利的石片,然后回到树林里。他选择了一棵大树,在树杈上用石片不停地锯着树枝。石片钝了,就用另一块石片。

猴王见这条残废的猴子在用石片锯着树枝,有点儿不解地问他:"你在干啥,是不是吃饱撑的?"

残废的猴子看了看猴王,没有理睬他,仍在埋着头锯他的树枝。

残废的猴子不跟其他猴子住在一起，他老是坐在被锯过的树杈上，两只手死死地抓住从上面垂下来的树枝。离开群体，这是很危险的，可那只残废的猴子似乎一点儿也不在乎。猴王见他自个儿在一棵树上，就愤怒地骂他："你是不是活腻了，还不跟我到那边去？"

　　"我在这儿挺舒服的。"残废的猴子回答他，不听猴王的忠告。

　　"那你在这儿等死吧。"猴王说完，愤怒地走了。

　　中午，烈日炎炎，不少猴子都在树上纷纷入睡了。突然，哨兵大叫起来："花豹来了……"

　　不少猴子在美梦中被吵醒而逃走了，叫那只残废的猴子好像睡得很香，除了两只抓住树枝的脚动了一下之外，毫无动静。花豹正悄悄向他袭来，周围的猴子朝着他大叫，有的摇着头，说："这回他死定了！"当花豹蹿上去，想逮住那只猴子时，咔的一声巨响，树杈断了。那枝被锯过的树杈，承受不了花豹的重量。花豹从十多米高的树上摔在地面的石头上，脑袋迸裂开花，鲜血溅满了那块大石头。而那只残废的猴子，就在花豹向他袭来的瞬间，以快捷的速度抓住上面的树枝逃走了。

　　这条十恶不赦的花豹，终于受到了应有惩罚。大家围着死去的花豹，大骂不止，有的还搬来石头砸他。突然，猴王想起那只残废的猴子，回头一看，那只残废的猴子就站在大家的最后面。猴王来到他的面前，伸出一只大拇指，说："你为大家立了大功，是一名大英雄！"猴王说完又问："你是如何想出这一绝招的？"

　　"我的后腿，就是我踩到一枝被蛀虫蛀过的树杈而摔成这个样子的。"残废的猴子淡淡地回答猴王。他说完就拖着那条残腿离开了他们。

小 黑

　　天蒙蒙亮,有一头黑色的野猪掉进了猎人的陷阱里,陷阱有一米来深。那头掉进陷阱的野猪是一头小母猪。她拼命地想爬出陷阱,几次都失败了。小母猪因为全身黑色,大家都叫她"小黑"。小母猪明白冲不出陷阱意味着什么。小黑一急,大哭起来。小黑那伤心的哭声,引来一头公野猪。公猪嘴上长着两颗长长的獠牙,那两颗长牙如两把锋利的刀子。

　　公猪来到陷阱边一看,惊叫道:"小黑,怎么会是你?"

　　小黑看到公猪来了,就好像看到了救星,急忙对他说:"帅哥,你快救救我。"

　　公猪看着陷阱里的小黑,摇了摇头,表示无能为力:"我如何救得了你?"

　　公猪说完就要离开,小黑急忙对他说:"帅哥,几天前你不是口口声声说要娶我吗?你把我救起来,我就嫁给你。"

　　小黑的话很有诱惑力,公猪又走了回来。公猪看着陷阱里那漂亮无比的小黑,只是觉得无计可施。此时,小黑又流着泪对公猪说:"你真的见死不救吗?人家为爱情赴汤蹈火,万死不辞。可你……枉我对你一片真心!"

　　"小黑,你真的对我这样吗?我对你表白了几次,可你一直无动于衷。"公猪看着小黑,有点儿不相信地说。

　　"我是在考验你,看你对我是不是真心。呜呜……"

"小黑,你别哭。"公猪在安慰她。

"你太令我失望了。让我死了算了,你走吧。"小黑故意对他这么说。

公猪并没有走,而是在思考着。小黑见他默默地思考,又对他说:"多少人甘为爱情殉情,留下了多么催人泪下的千古绝唱。可你却这么无情! 今天,我非常庆幸掉进猎人的陷阱,死在猎人的手里,远比嫁给你这个无情郎要强!"

"好,好,你既然这样对我,那我们就一起为爱情殉情吧。"公猪说完,毫不犹豫地跳进了陷阱里。

小黑见公猪跳进来,心里暗暗叫道:我有救了,我不会死了!

小黑高兴万分,激动地对公猪说:"帅哥,让我站在你的身上。我要向全世界宣布:我要嫁给你!"

小黑站在公猪的身上,竭尽全力,往洞口一跃,跃了上来。公猪根本没有想到她来这一招,看得目瞪口呆。小黑见自己解脱了,禁不住开怀大笑,那欢笑声在山谷久久回荡……

"你,你……"公猪吃惊地叫道。

"你上来吧,你能上来,我就嫁给你。"小黑无不得意地对他说。

公猪努力爬了几次,都是徒然。此时,公猪才知道中了她的圈套。小黑大摇大摆走了,公猪生气地叫道:"小黑,你太卑鄙了。"

"你是一头真真正正的蠢猪,我才不会嫁给你这样的蠢猪!"小黑冲着他叫道。

公猪愤怒极了,把头撞到陷阱的壁上,壁上的泥土哗哗哗地掉了下来。他脚下的泥土升了几寸高,看到这,他感到自己有救了。公猪拼命往壁上撞,他每撞一次,就掉下不少泥土。陷阱底

部的泥土在不断增加,公猪求生的欲望也越来越强。不到一个小时,公猪就成功了,他爬出了陷阱。

灿烂的晨光,沐浴着翠绿的山峰。公猪奔跑在弯弯的山路上,那种解脱的愉快是无法言表的。小黑说他是蠢猪,如果他真的是蠢猪,他就出不来了。跑着跑着,他看到小黑走在前面,看到她他就来气,便加快速度追她。在悬崖上,公猪追上了小黑,挡住她的去路,生气地说:"你说话可要算数,我上来了,你嫁给我吧。"

公猪故意这么对她说,看她有什么话可说。小黑几乎无路可逃,她的身边是万丈深渊,要是激怒了他,就会被撞下悬崖。小黑想了想,不得不说:"好吧,我嫁给你。"

公猪想到之前的一幕,当然没有把她的话放在心上,也不相信她说的是真心话。小黑为了缓和气氛,问他:"你是如何上来的?"

公猪本不想告诉她,但为了证明自己不是一头蠢猪,他还是告诉了她。小黑听后,夸奖地说:"哎呀,是我错了,你真的太聪明了。"

小黑走在前面,心事重重,她走得很慢,老是看向脚下的深渊,她想找个好时机把他给撞下深渊。公猪见她行为可疑,似乎悟到了什么。突然,小黑转过身来,叫道:"你看,那后面是什么?"

公猪只是虚晃一枪。就在这一刹那,小黑用尽全力向公猪撞去,想把他撞进深渊。公猪一闪,躲开了小黑。小黑由于用力过猛,控制不了自己,自己掉进了深渊。

白猫与黑猫

某商人做粮食买卖,他养有两只猫,一只白猫,一只黑猫。两只猫各守四间粮仓,为了调动猫的积极性,商人有了绝招,对猫论功行赏:逮到一只小老鼠,奖给一条小鱼;逮到一只大老鼠,奖给一条大鱼。白猫与黑猫,各自坚守在自己的岗位上。

一天,白猫与黑猫一同巡查,几乎同时发现了一窝刚出生不久的小老鼠。小老鼠的父母一见两只猫的影子,早已逃之夭夭。那两只猫高兴极了,各分了七八只小老鼠。白猫毫不犹豫地把小老鼠咬死,换了七八条小得可怜的鱼。而黑猫看着小老鼠想:七八条小鱼还不够吃一口,太没有意思了,不如把它们供养起来,等它们长大了,再拿它们领赏,那时的奖品不就更丰厚吗?

于是,黑猫把小老鼠带回自己管辖的粮仓,用白花花的大米喂它们。小老鼠见黑猫没有一点儿恶意,而且对它们既热情,又关心,便肆无忌惮,整天大吃大喝。偶碰商人查仓库时,黑猫就及时把老鼠转移到安全的地方。一天,白猫从黑猫管辖的粮仓门口经过,听到里面有多只老鼠的叫声,就看着黑猫问:"黑猫,你的仓库内是不是有老鼠?"

"有老鼠没老鼠,我自己不清楚吗,用得着你来操心?"黑猫十分不屑地回答。

几个月后,那只黑猫从粮仓叼出一只只又肥又大的老鼠。商人见状喜形于色,伸出大拇指,赞不绝口:"神猫,神猫,真是神

猫！有你这样尽职尽责的猫，我可就放心了。今后，你给我好好干，我不会亏待你的。"

黑猫品尝着肥美的大鱼，好不惬意，认为自己是世界上最聪明的猫。

因为白猫是捕鼠能手，老鼠被他看见就难逃厄运。所以，那些老鼠都不敢靠近粮仓。捕不到老鼠，黑猫就跟外面的猫合作，把从外面捕来的老鼠拿到商人面前领赏……

商人对黑猫疼爱有加，而白猫常常遭到商人的打骂。既然有黑猫这种神猫，还要白猫干吗？一天，有餐馆来买猫，商人便把白猫卖了。

聪明的公鸡

清晨。

眼尖的公鸡忽然大叫起来："不好了，不好了，又来客人了！"

矮围墙内的十多只鸡急忙走到门口，门是用电线网做的，只能看到外面，但不能出去。主人双手紧紧地握住客人的手，十分热情地说："哎呀，稀客，稀客，快到屋里坐。喂，孩子他妈，你没有把鸡放出去吧？"

"没有。"传来了女主人的声音。

"大家快跑，不然又不知哪一位没命了！"公鸡说完，展翅飞上了矮墙。接着，一只黑公鸡也飞了起来，想落在公鸡的旁边。此时，站在墙上的公鸡出其不意把他撞了下去。黑公鸡根本没有料到公鸡会这样对他，摔得不轻，再也飞不起来了。其他几只母鸡、小公鸡，也想飞上矮墙逃命，却怎么也飞不起来。有几只放弃了，只好听天由命，但有两只不甘束手待毙的母鸡，仍拼命往上飞，但飞不到矮墙上。有一只花母鸡见自己飞不起来，就流着泪说："这回我死定了，上次来客人就想宰我，侥幸让我逃了出去。这次我逃不了……"这也难怪花母鸡流泪，因为她是一只不会下蛋的母鸡，不宰她又宰谁呢？

站在墙上的公鸡对墙下的花母鸡说："花母鸡，加油！加油！"

花母鸡沮丧地摇着头，泪水涟涟。

为什么主人家一来客人，这些鸡就这么害怕呢？事情是这样的，主人家里都是热情好客的人，家里一来客人，就宰鸡待客。这次，主人对客人那么欢迎，他们中的一只肯定又得当牺牲品了。

不一会儿，鸡舍的门被打开了，男女主人都走进来了。他们一进来，屋里的鸡就乱窜乱飞，咯咯咯叫个不停。女主人看到站在墙上的公鸡，对丈夫说："快把墙上的那只公鸡抓住，别让它跑了！"

墙上的公鸡一听，急忙飞到墙外逃命去了。公鸡的身后，不停地传来鸡的惨叫声。

因为逃过了这一劫，公鸡在村后的竹林里觅吃时甚是得意，他高昂着头，唱着歌。忽然，有人叫他："大帅哥，今天你怎么这样高兴？刚才，你家究竟发生了什么事情？我听到你家的大大小小都叫得很惨。"邻居一只短尾巴母鸡对他说。

"你不知道，我们主人家又来客人了，又不知哪一只鸡要被宰了。女主人一进来就说要抓我，幸亏我逃得快，不然，你就再也见不到我了。"公鸡想到刚才的一幕，仍心有余悸地说。

"我巴不得把那只不会下蛋的花母鸡给宰了,她太骚了,那天,我跟你说几句话,她也不高兴。"短尾巴母鸡对他察言观色地说,她知道公鸡和花母鸡很要好,便故意对他这么说。

"我看你们就喜欢争风吃醋,她被宰你就那么高兴?"公鸡有点儿生气地说。

"你看你,我这么说你就不高兴了,我那点比不上她。"短尾巴母鸡委屈地流着泪说。

"你也太小气了。快过来,这里有条蚯蚓。"公鸡对她说。

短尾巴母鸡走过来,看到一条肥美的大蚯蚓,才破涕为笑:"这还差不多。"

午后,公鸡觉得没有危险了才回家。他想,这次是花母鸡被宰,还是那只黑公鸡被宰?他巴不得那只黑公鸡被宰,因为黑公鸡威胁着跟他抢母鸡。上午他要是摔断了脚,或折断了翅膀,那就好了,那就肯定宰他了。公鸡回到门口,第一眼就看见黑公鸡安然无事,他的心就凉了。他再走了几步,又看见花母鸡,就更感到奇怪:那宰的是谁呢?

公鸡走近花母鸡,急切地问她:"花母鸡,看到你没事儿我就放心了,今天宰谁了?"

"谁都没宰。那人是来给我们打流感疫苗的,我以为我要没命了,真是把我吓坏了。"花母鸡对他说。

"什么流感疫苗?"公鸡不解地问。

"对,听说打了疫苗,就不会传染流感。"花母鸡说。

一星期后,禽流感再次疯狂袭来,公鸡因为没有打流感疫苗染病死了。花母鸡流着泪,伤心地说:"哎,都怪你太聪明,聪明反被聪明误。"

两只苍蝇

中午时分,天热得要命,城里就像一个大蒸笼,空气里好像弥漫着火的气味。

有一只又肥又大的苍蝇吃饱喝足了,想坐一趟霸王车到乡村去吸吸新鲜空气。于是,他飞上了装满垃圾的汽车。汽车启动了,一座座高楼大厦一闪而过。高楼不见了,远离喧闹,出现在眼前的是蓝天白云,满眼翠绿的庄稼,一路花香鸟语,连阳光也比城里的温柔,真是美不胜收。

一个多小时后,垃圾车把那只苍蝇带到了垃圾场。苍蝇飞离了汽车,向一片茂盛的树林飞去。树林里凉爽极了,阳光透不过密密层层的叶子,野花的清香扑鼻而来。苍蝇站在一棵大树上,想美美地睡个够,享受这甜美的时光。苍蝇刚刚躺到树杈上,就听到嗡嗡嗡的声音,且越来越近。苍蝇判断这是他的同类,立即警觉起来,因为,他现在可能是在别人的地盘上。不一会儿,一只瘦骨嶙峋的苍蝇向他飞来,他看到这只苍蝇脸无血色,好像有病似的。那只城里的苍蝇不把这只瘦弱的苍蝇放在眼里。那只瘦苍蝇彬彬有礼地问:"您好,您从哪里来?以前怎么没有见过您?"

肥苍蝇见瘦苍蝇没有敌意,也友好地回答他:"我是从城里来的。这里的环境太好了,简直就是天堂!"

"好什么好,你看我,有上顿没下顿,饿得皮包骨头,这日子

无法儿过了。"瘦苍蝇对他说。

"我可想在这来多住几天。"肥苍蝇有点困了,打着哈欠说。

"大哥,这样行吗?您带我去城市见识见识,你什么时候都可到这儿来。"瘦苍蝇看着肥得流油的肥苍蝇说,他太向往城市了。

"行,这个主意不错。让我先美美地睡上一觉,醒来就带你进城。"肥苍蝇爽快地答应他。

"那你安心睡吧,我给你放哨。"瘦苍蝇很是感激地对他说。

肥苍蝇有他这句话,就更加放心了,呼呼大睡起来。瘦苍蝇守候在他的身边,一步不敢离去。瘦苍蝇甚为高兴,高兴他今天遇到贵人,他将摇身一变变成城里人,也吃他个肥肥胖胖。

肥苍蝇一觉醒来,太阳快下山了,他甚是惬意地对瘦苍蝇说:"太美了,真是太美了,我从来没有睡过这么安稳的觉。走,我带你进城去。"

两只苍蝇飞出了树林,来到了垃圾场,搭上了一辆开往城里的垃圾车。垃圾车进城了,从菜市场经过时,瘦苍蝇的两只眼睛睁得鼓鼓的,那里肉呀鱼呀,应有尽有,看得他眼花缭乱。要不是肥苍蝇不同意,他早就飞上去吃两口了。肥苍蝇告诉他莫急,那些都是生的,在宾馆里,厨师做的菜那才香死人呢。到时你敞开肚子吃个够。

汽车每到一个地方,肥苍蝇就不厌其烦地对瘦苍蝇进行介绍,说这是什么地方,那是什么地方。瘦苍蝇一边听,一边到处乱看,对什么都感到新奇。

车经过一家五星级宾馆,肥苍蝇对瘦苍蝇说:"走,跟我到这家五星级宾馆去。"

肥苍蝇非常熟路,左飞右飞,进这间到那间,瘦苍蝇紧追不舍。肥苍蝇终于落脚在一间豪华房里,瘦苍蝇一进入这间房里,立即闻到了一股浓重的酒菜香味。肥苍蝇站在吊灯的上面,瘦苍蝇就在他的旁边。肥苍蝇对瘦苍蝇说:"你往下看,那帮人都是高官。那桌上什么山珍海味都有,盘子里的菜都是上等佳肴,饮的是外国洋酒,都是你未曾听过、看过的东西。"

瘦苍蝇看着桌子上的菜,琳琅满目。也许是肚子太饿了,也许是下面的菜太吸引他了。他再也等不了了,俯冲直下。肥苍蝇阻止他已来不及了,大叫一声:"惨了!"

肥苍蝇话音未落,一位服务员眼疾手快,申蚊拍迅速向瘦苍蝇打来。啪的一声,瘦苍蝇不知怎么回事,连叫一声也来不及,就成了饿死鬼,一命呜呼。

瘦苍蝇就这样死了,肥苍蝇并不感到害怕,因为他见多了。肥苍蝇在吊灯上耐心地等待,等他们吃饱了,人走了,他才从上面飞下来,饱餐了一顿。

一只叫得最响亮的蝉

冬去春来。

一只蝉在地下整整睡了四年,吸取了土地之精华,终于破土而出。这只蝉个子大,两翼透明,眼睛鼓鼓的,浑身黑色,特别健壮,身体是一般蝉的两倍,就叫他黑蝉吧。四年的沉默,使黑蝉耐不住寂寞,破口大唱:"知了,知了……"黑蝉一开口,可谓一鸣惊"蝉",把整片树林里的蝉都震慑住了,大家都停了下来。黑蝉的

叫声太响亮了,他的叫声清脆、有力,穿透了密密层层的树叶,在树林上的上空回荡。一只蝉的强弱就是从其声音来判断的,声音响亮的,就是一只好蝉,越响亮就代表其越强壮;声音微弱的,无疑是一只劣蝉。黑蝉一唱就是一个多小时,不少蝉都被黑蝉的叫声吸引了过来,飞到他的身边来,欣赏他的歌唱。

黑蝉停了下来,有一位漂亮的蝉姑娘为了讨好黑蝉,喜形于色地叫道:"帅哥,你唱得太动听了!"

又有一位打扮时髦的蝉小姐,手舞足蹈地嚷着:"你唱得太美了,我从来没有听到这么美丽的旋律,简直是天籁之音!"

"天才,天才。天降奇才!"

"后生可畏,后生可畏啊!"一位老婆子由衷赞美说。

你一言他一语,大家都在夸黑蝉。黑蝉听到大家的赞美,非常高兴。看到那些漂亮的蝉姑娘围在他的身边转,他就更加得意忘形了。一只缺了一条后腿的大哥,笑了笑说:"是不错,不过……"

"不过什么?你这个废蝉有什么资格跟我争高低?"黑蝉不客气地打断他的话问。

那只缺了后腿的蝉也曾经目空一切,不可一世,后来受到了一次沉痛的教训,才转变了态度。那帮蝉姑娘七嘴八舌,奚落缺腿的蝉。那只蝉被羞辱得无地自容,灰溜溜地飞走了,落在一棵树的背后,树干挡住了他。一位银须鹤发的老蝉语重心长地对黑蝉说:"小伙子,他可是为你好呀。"

"好什么好?还不是妒忌我?"黑蝉有点儿不悦地回答老蝉。

"你就是我们未来的大王!"黑蝉面前的一位蝉姑娘当着蝉王的面,毫不畏惧地说。

"没错!你就是我们的大王!"她们高呼着。

蝉王听到这些话,并没有生气,反而微笑着说:"黑蝉是有当王的资质,条件真的不错!"

其他蝉见蝉王这么说,都不再言语。实事求是地说,黑蝉是一只千年一遇的好蝉。黑蝉用轻视的目光扫了大家一眼,又得意地大唱起来。黑蝉那嘹亮的声音,充斥着整片树林。大家听到黑蝉的声音,既为他高兴,也深深地为他感到惋惜。他们高兴的是,黑蝉是一只难得的好蝉;惋惜的是,他那傲慢的态度,决定了他成不了大器。黑蝉要是成了他们的大王,无疑会给他们带来灾难。那帮蝉姑娘为讨黑蝉的欢心,还在他的面前翩翩起舞,希望自己能成为未来的皇后,或得到黑蝉的宠爱……

谁也没有想到,一条青蛇悄悄地爬向黑蝉,黑蝉因叫得卖劲,根本就不知道后面有蛇。那帮翩翩起舞的蝉姑娘眼睛都死死盯着黑蝉,也没有注意到隐蔽得很好的青蛇。也难怪,蛇的颜色和树叶的颜色一模一样,很难被发现。那只缺腿的蝉发现了青蛇,立即对黑蝉大叫起来:"黑蝉,黑蝉,后面有蛇……"

黑蝉的两耳被他自己的声音灌满了,根本就听不到缺腿的蝉的呼叫。那帮蝉姑娘看到那条凶恶的青蛇后,再也顾不上他,纷纷抛下黑蝉逃命了。黑蝉还不知道那帮姑娘为何突然离开他,他不解地叫道:"你们干吗飞走……"

黑蝉话还没有说完,青蛇就以迅雷不及掩耳之势,用头向黑蝉袭去。"啊!"黑蝉惨叫一声,就被青蛇吞进了肚里,成了青蛇的美餐!

两只鹅

北风那个吹,雪花那个飘,雪花那个飘飘,年来到。

一家农户的夫妇商量后,决定送一只鹅给工商局的苏局长过年。这只鹅对这家农户来说,可谓是最值钱的东西了。他家的儿子读了十六年书,把他的家给读穷了。儿子今年大学毕业,考进了工商局。儿子每次回家,都说苏局长的好,苏局长不但赏识他的才华,还很关照他。这对夫妇的商议,被隔壁的两只鹅听见了。两只鹅先是拥抱痛哭,后来,也就坦然面对了。他们都觉得能为主人做事,也就不枉主人对他们那么好。母鹅擦干了眼泪,说:"老公,明天我去!"

"怎么能让你去?我去!"公鹅果断地说。

"不行!就我去,我去!每次都是你听我的,就再听我一次吧!"母鹅哀求道。

公鹅心中有数,这个时候不想跟她争,就先答应她说:"好吧。"

母鹅很高兴,明天就要离开心爱的他了,就对他说开了:"我走了,你就别伤心。能碰上你,我真是三生有幸!我非常清楚,邻居那只漂亮的白鹅对你很意思,你就别再拒绝她了。你要好好待她,就像对我一样。"

听了母鹅的这番话,公鹅当然很感动。

天亮了。主人把鹅放了出来,公鹅把母鹅撞了一下,母鹅摔倒了。公鹅先走了出来,很乖巧地来到男主人的身边。男主人问老婆:"香妹,抓公鹅还是抓母鹅?"

"你决定吧。"香妹对他说。

此时,母鹅快步走了过来。公鹅看见母鹅来了,用身子挡住她,不肯她靠前,母鹅急得呱呱呱大叫:"你给我滚开,昨晚,我们已经说好了的!"

男主人自言自语地说:"就抓公鹅吧,公鹅又大又肥。"

男主人说完,就把公鹅抓了起来。母鹅见公鹅被抓了,就勇敢地走上去,狠狠地啄主人的手,她从来没有这样凶过。五福的手被啄破了,鲜血直流。母鹅又向主人啄来,公鹅挡住了她。公鹅被装进了一只纸箱里,母鹅肝肠寸断,声声哀叫。公鹅被装上摩托车,母鹅两眼望着他,一时不知说什么好。公鹅对她说:"你的笑太美丽了,让我最后看一眼你的笑。"

母鹅是想笑一下,可她笑得出来吗?她只能和老公深情地吻别了。不一会儿,公鹅被主人载走了,母鹅哭喊着追向摩托车。

没有了公鹅,母鹅越想越绝望,她想,没有了他,我活着有什么意义呢?还不如死了算了。母鹅看到路边的一头牛在吃草,就想去啄牛,让他把她一脚给踢死。母鹅上前,不声不响,就用力去啄牛。牛被母鹅啄痛了,很生气地抬起了脚,很想把鹅一脚踢死。牛迟疑了一会儿,没有把脚踢向母鹅,而是把脚收了回来。他想,这只鹅敢这样对他,肯定是仗着她的主人。牛知道她的主人是一个凶神恶煞的人,把鹅踢死了,她的主人不打死他才怪呢。母鹅看他无动于衷,又狠狠地啄了他一口,并故意侮辱他说:"蠢牛!我看你就是不敢踢我!"

牛不理她,拔腿就跑了。

母鹅见牛走了,又想到了山后的野狗。那只野狗咬死了村子

里的不少鸡鸭,几天前,她和老公出去,还差点儿被野狗吃了,幸亏那儿有一个池塘,他们才得救了。母鹅向村后走去,并且大叫起来,呱呱呱的叫声传得很远。母鹅的叫声招来了野狗,野狗看到母鹅,急忙向母鹅奔来;母鹅看到野狗,一点儿也不害怕,也快速地走向野狗。野狗看见母鹅走向自己,感到很奇怪。前几天,他拼命追她,不也是让她给逃了?今天怎么亲自送上门来?难道其中有诈?野狗越跑越慢,感到不妙,这肯定是一个陷阱!野狗来个急转身跑了,母鹅看见野狗突然跑了,就大声呼叫:"野狗,你千万别跑,我送给你吃吧!"

野狗听到母鹅这话,跑得更加快了,不一会儿就跑得无影无踪了。

野狗走了,母鹅好不失望。牛不踢她,野狗也不吃她,真是求死不能。母鹅没有办法,只好垂头丧气地走回村子。母鹅还没有回到村子,就听到老公呱呱呱的叫声。母鹅心想,不可能是他的声音,肯定是她想他而产生的幻觉。母鹅走了几步,老公的声音更清晰了,且那嚓嚓嚓的脚步声也无疑是他的。母鹅停了下来,细听了一会儿,的确是他的。此时,母鹅边走边叫了起来。母鹅转了一个弯,就看见了老公。她大叫起来:"老公!"

"老婆!"

公鹅和母鹅相拥在一起。母鹅高兴地流着泪,问:"老公,我以为再也见不到你了!老公,你怎么回来了?"

"老婆,咱们的主人简直就是一个乡巴佬!他把我带到工商局,今天,刚好工商局全体人员在会议室开年终总结大会。他到了会议室门口,就大声叫喊:苏局长,我送一只鹅给你过年。主人话音未落,会议室里的人便哄堂大笑。苏局长出来,对主人教育了一番,意思是不能收他的鹅,要他带回去,可主人就是不听。后来,苏局长吓唬他说,再不带回家,就开除他的儿子。这回,主人怕了。主人无奈,只好把我带回来了!"公鹅一五一十地对老婆说。

"谢天谢地!真是造化!"母鹅发自肺腑地说。

"老婆,你到这儿来干吗?快回家,这里可有野狗。"公鹅对母鹅说。

"老公,我原本就是来寻死的,没有你,我就不想活了。"母鹅对他说,也把他走后的事全告诉了老公。

狗王之死

"狗仗人势"这句话说得好,村主任家的大黄狗就是仗着他的主人是一村之长,又仗着他自己高大威猛,到处欺负村里的其他狗,想咬就咬。村里的狗有被咬断狗脚的,有被咬断狗尾的,还有两条狗因为跟母狗相好而被活活地咬死。大黄狗咬伤或咬死人家的狗,村主任还夸他或给物质奖赏,称大黄狗为"狗王"。因而,狗王肆无忌惮,在村子里横行霸道。狗王凶恶无比,心狠手辣,动不动就咬别的狗的咽喉,置狗于死地。有怕事的狗,看见狗王或听到他的声音就避而远之,免得招来横祸。

在村后的树林里,一条黑狗看见一只鸟儿在地上觅食。那只鸟儿十分专注,没有注意躲在后面的黑狗。大家都叫这条黑狗"大黑",他小心翼翼靠近鸟儿,突然,以迅雷不及掩耳之势扑向鸟儿,把鸟儿逮住了。他逮住了鸟儿,好不高兴。大黑嘴里咬着

仍在拍着翅膀的鸟儿走出了树林,想在大伙儿的面前炫耀自己的本事。一条小母狗看见大黑的口里咬着鸟儿,向他奔来,叫道:"大黑,鸟儿被你逮到了?"

大黑把鸟儿放在地上,鸟儿奄奄一息。大黑兴奋地说:"是啊,是一只肥大的鸟儿。"

"大黑,你真有本事,鸟儿你也能逮得到。"小母狗笑着讨好他说,意在希望分到一份美食。

"小母狗,算你有口福,来,咱们二一添作五。"大黑爽快地说。

"大黑,应该三一三十一才对。"一条白狗走来了,对大黑嚷着说。

"既然是你来了,我还吃得下吗?"大黑有点儿无可奈何地说。

大黑话音刚落,狗王已来到他们的面前,对他们吼了一声:"都别动!那是大王的鸟儿。"

"是我捉到的,怎么说是你的鸟儿?"大黑对他说,然后衔起地上的鸟儿就走。

狗王见大黑不把他放在眼里,被激怒了。昨天,狗王就很想收拾他,让他给跑了,因为他竟敢和小母狗打情骂俏,眉来眼去。狗王愤愤地叫道:"大黑,你马上给本大王放下!不然,今天我饶不了你!"

大黑没有听他的,奔跑得更快了。用不了多久,大黑就被狗王追上了。狗王咬住大黑的耳朵,用力一扯,大黑的耳朵就掉了下来。大黑的耳朵血流如注,痛得在地上打滚,嗷嗷大叫。狗王看着翻滚的大黑,仍不解气地说:"今天,大王是警告你。以后再敢不听话,我就咬死你!"狗王说完,又不满地看了白狗和小母狗一眼,说:"谁敢跟本大王作对,只有死路一条!"

白狗和小母狗敢怒而不敢言。狗王说完,衔起鸟儿,摇着尾巴得意地走了。

狗王走了,白狗和小母狗来到大黑的身边,他们都非常愤怒。白狗上前问:"大黑,好受点儿了吗?"

"痛死我了……"大黑凄惨地说。

"太过分了!"小母狗也气嘟嘟地说了一句。

"我永远也不会忘记哥哥是如何死的,哥哥临死时要我替他报仇。"白狗自言自语地说,他的哥哥就是被狗王咬死的。

过了一会儿,大黑感到不那么痛了,咬牙切齿地说:"我不报这掉耳之仇,誓不罢休!"

"大黑,你的耳朵是怎么回事?"小黑看到大黑的耳朵不见了,耳朵的位置血淋淋的,就走上来问他。小黑跟他的主人上山回来,从此经过,他的主人是一个猎人。猎人的猎枪一端挂着一条狐狸,狐狸的嘴被猎人的炮炸裂了,还滴着血。

白狗替大黑把事情的经过一五一十告诉了小黑。小黑听完后,很是生气地说:"太霸道了!"

"小黑,你有什么好主意就说出来,我们把他干掉。不然,我们是没有好日子过的。"大黑对小黑说。

小黑想了想,高兴地对他们说:"有了,有了。"

白狗迫不及待地说:"小黑,快说出来听听。"

小黑警觉地看了看四周,对他们耳语。他们听后,认为小黑的方法很好。大黑喜形于色,说:"妙计,妙计。今天,他死定了!"

黄昏,小黑又跟着他的主人到山上投放"肉炮"。猎人把他特制的一种炮塞进一块猪肉里,放在狐狸出没的地方。贪嘴的狐狸要是吃上那块肉,那炮就会爆炸,炮的威力不少。猎人用这种方法

捕猎狐狸，一张狐狸皮值好几千元。小黑跟猎人从山上回来后，就叫上大黑和白狗一起上山，把猎人放的"肉炮"衔了一块下来。在树林里，三条狗为一块肉争吵起来，互不相让。他们的争吵声很快就引来了狗王。狗王一上来，就大声喝问："吵死了，什么事情？"

"大王，你来得正好。你给我评评理，这块肉是我先发现的，他们却要抢我的。"小黑很不服气地对狗王说。

"你们都别争，这块肉归我！"狗王厉声对他们说。

"不行！是我先发现的。"大黑说完，就想去抢那块肉。

狗王一个箭步冲上前，恶狠狠地问："你还想再失去一只耳朵？"

大黑怕了，退了回去。狗王含起地上的肉，就吃了起来。轰的一声巨响，狗王嘴里的"肉炮"爆炸了，他的下颚被炸飞了，鲜血从他的嘴里射了出来。狗王连叫也叫不出来，只是在地上翻滚。没过多久，这十恶不赦的狗王就死了。

村主任要是看到他家的大黄狗被炸死，肯定会怀疑是猎人所为。聪明的小黑怕连累他的主人，便和大黑他们把狗王的尸体拉到了村西那条滚滚而下的大河边，扔进了河里。

老鼠和猫

午夜，北风凛冽，寒风刺骨，冷冷的月光洒在荒野上。一只大花猫守在一个老鼠洞的附近，强忍着寒冷的天气。一只老鼠从地洞里小心翼翼地探出了他那个尖尖的脑袋，倾耳细听了一阵，感到外面没有动静,才从洞里爬了出来。如今,猫太多了,老鼠不得不小心。老鼠没走多远,感觉到后面吹来一阵风,就意识到事情不妙。老鼠以极快的速度往洞里奔,但已经迟了。他被大花猫逮个正着,身子被锋利的爪子死死地按着,动弹不得。大花猫张开了大嘴,露出了锋利的牙齿。老鼠对他叫了一声:"请慢!"

大花猫停了下来,不满地问:"你还有什么事儿?是不是猫又要给你们老鼠抬花轿?"

"我问你,你们猫为什么老吃我们老鼠?老鼠在哪方面对不住你们?"老鼠用那两只小眼睛看着大花猫,不解地问。

大花猫没有吃老鼠,而是回答他:"你是真不知道还是装糊涂?好,那我告诉你。很久很久以前,猫和老虎形相似,老虎的个子比我们猫还小。你们的老祖宗得了一份神药,不给我们,而拿给老虎。老虎吃了神药,个子猛长,越来越强壮,后来威震八方,统治着我们,成为百兽之王。如果给了我们,成为百兽之王的就是我们。就因为这一点,难道我们不该吃你们?因为这件事,你们得罪的动物太多了,蛇、猫头鹰等都要吃你们。"

老鼠大叫了一声,说:"你们太冤枉我们了,我们有好心没有好报啊!"

"此话怎讲?"大花猫转着那两只发光的眼睛,盯着老鼠问。

老鼠并没有马上回答,他耸了耸肩膀,说:"我承认,老虎是成了百兽之王。但大家都说我们鼠目寸光,其实最笨的还是猫。你们有没有想一想老虎如今的境况?"

"老虎怎样?他们不照样是百兽之王?"大花猫木木地问。

"老虎如今到了绝种的境地,你们还不知道?而你们猫类,一代代繁衍生息,子孙一代比一代多。猫,随处可见,且得到人类的宠爱,鱼呀、肉呀尽你们享用。我真不明白,难道你们真要做绝

种的大王？再说，我们老祖宗也屈嫁给你们了，你们还要怎样，还不放过我们？"老鼠质问着大花猫，且越说越大声，越说越生气。老鼠说完，又看了大花猫一眼。大花猫在沉思，他觉得老鼠说得很在理，是他们错怪老鼠了。老鼠知道他的话起到了作用，又愤愤地说："你们是在恩将仇报，你知道吗？你们再不停止这种伤天害理的行为，一定会遭到报应的！以后，看你们还敢不敢吃我们老鼠！"

"是这么回事？"大花猫自言自语。

老鼠见大花猫还不放开他，那眼珠一转，又说："大花猫，我告诉你一个好消息吧。"

"什么好消息？"大花猫立即问他。

"你先放开我。"老鼠对他叫了一声。

大花猫把他放了，然后看着他，威胁地问："快告诉我吧，不然，我一口把你吃掉！"

老鼠神秘地对大花猫说："大花猫，最近，我们又得到了一种更神奇的药。你们吃了这种神药，比老虎还要威猛百倍！"

"真的？"大花猫信以为真地问。

"这还有假？我把他献给你！"老鼠对大花猫说。

"行。你快回去拿给我。"大花猫高兴地说。

老鼠大摇大摆地走了，大花猫还送他回家，对他说了不少好话。老鼠钻进洞里后，就是不出来。后来，大花猫才知道被老鼠骗了。大花猫很生气，可老鼠就是不出来。天亮了，大花猫只好饿着肚子走了。